설렘설렘 뜻밖의 만남

김정옥 청소년소설

설렘설렘
뜻밖의 만남

| 작가의 말 |

가끔 동네 산책을 나갑니다.

큰길을 따라 걷다 좁은 골목길로 들어섭니다. 고불고불한 오르막을 숨 차오르게 걷다가 하늘을 올려다보며 심호흡을 합니다.

어느 집 마당에서 뻗어 나온 큰 나무의 나뭇가지 사이로 언뜻언뜻 비치는 햇살이 눈부시게 아름답습니다. 울퉁불퉁한 계단 턱에 앉아 햇살과 눈 맞춤합니다.

이 좁은 골목길을 나는 참 좋아합니다. 어릴 적 살던 동네를 닮아 곧잘 그때의 나를 만나기도 합니다.

그 시절엔 누구나 삶이 퍽퍽했습니다. 어른들은 먹고사느라 휘청거렸고, 중학교 학창 시절 나는 주어진 삶이 버겁고 힘겨웠습니다. 그래도 가끔은 모든 것을 뒤로한 채, 툭하면 친구들과 수다 떨며 깔깔 웃었습니다.

한 친구의 슬픔이 곧 나의 슬픔인 양 끌어안고 몇 날 며칠 밤을 지새우기도 했습니다. 이렇듯 그 시절에는 별것 아닌 일에도 슬퍼했고, 어딘가 안쓰럽고 그럼에도 자주 웃고 행복해했습니다.

돌이켜보면 그 기억들이 가슴을 저릿하게 하면서도 마음 한편이 따듯해집니다.

숨을 고르고 몇 걸음 더 오르면 작은 쉼터가 나타납니다.

하늘과 맞닿은 듯 시야가 탁 트인 곳이어서 길 건너 동네가 훤히 내다보입니다.

집들이 옹기종기 모여 있는 이 골목동네와 달리, 저쪽은 벌쭉이 치솟아 있는 웅장한 집들이 보입니다. 저택의 굵은 나무들 사이사이로 바비큐 파티의 모습도 종종 볼 수 있습니다.

나는 그곳에 앉아, 큰길 하나를 사이에 둔 이색적인 동네 풍경을 바라보며 땀을 식히고 있었습니다.

그날, 옆 벤치에 앉은 청소년들의 이야기가 우연히 들려왔습니다. 성적으로 인한 부모와의 단절, 가난. 진로에 대한 불안, 친구 사이의 오해, 세상의 편견… 그들의 감정은 앙칼지고 거칠게 폭발했습니다.

'이들에게, 대체 누가 살아갈 힘을 건네줄 수 있을까.'

오래도록 마음에 남았습니다.

그러던 어느 날, 익숙한 이 골목길을 걷다, 책 속의 시원이와 희수를 만나게 되었습니다. 시원이와 희수는 서로 다른 슬픔을 품었지만, 그 무게만큼은 다르지 않았습니다.

시원이와 희수는 깊숙이 품고 있는 각자의 상처와 오해, 진심과 화해를 오가며 조금씩 성장합니다.

그들의 이야기를 통해 나는 청소년들에게 말하고 싶었습니다.

삶은 언제나 나를 가만히 내버려두지 않습니다. 그럼에도 간명한 감정은 하찮거나 결코 작지 않으니 소홀히 여기지 말았으면 좋겠습니다.

지금의 자신을 다독이는 그 순간들이 언젠가는, 단단하고 깊이 있는 어른으로 자라나는 뿌리가 되어줄 것입니다.

이 부족한 원고가 한 권의 책이 되기까지 애써주신 도서출판 답게와 편집자님께 감사의 마음을 전합니다. 또 언제나 곁에서 묵묵히 응원해준 문우들과, 처음부터 끝까지 함께 해준 드림팀에게 깊은 감사를 전합니다.

무엇보다 이 책이 지치고 힘든 청소년들에게 다정한 위로가 되기를 바랍니다. 책장을 덮은 후, "괜찮아." 하고 자신을 꼭 안아주며, 톡톡 불거진 마음이 조금은 가라앉고, 다시 걸어갈 용기가 생기기를 바랍니다.

청소년이기에 가질 수 있는, 그들만이 품고 있는 빛.

그 빛은 반드시, 어느 곳에서든 찬란히 반짝반짝 빛날 것입니다.

담장 너머 능소화가 눈부시게 아름다운 날

| 차례 |

작가의 말 …… 4

01 재수 없다! …… 11

02 어릴 땐 그랬어 …… 21

03 엄마는 항상 웃는다 …… 29

04 아파서 그래, 엄마가 …… 36

05 굳은살이 떨어지고 …… 48

06 숏컷트 그리고 One …… 60

07 목련과 라일락의 운명 …… 76

08 승권이 죽었다 …… 87

09 마리오네트 인형처럼 …… 94

➓ 아줌마를 만났어 …… 110

⓫ 완전 반전! 힙합청년 …… 120

⓬ 슬픔의 모양은 달라도 …… 130

⓭ 아픈 기억이 마법처럼 …… 141

⓮ 내 친구 덤보 …… 149

⓯ 샤네르, 샤네르! …… 158

⓰ 왜 너야? …… 169

⓱ 그 노래의 주인공 …… 177

⓲ 설렘설렘 뜻밖의 만남 …… 185

⓳ 바람이 불어오는 곳 …… 193

01 재수 없다!

'재수 없다! 하필 저 아이와 짝이라니.'

희수는 긴 머리카락을 치렁치렁 늘어뜨리며 다가오는 샤네르를 보고는 고개를 돌렸다.

샤네르는 소문이 안 좋기로 유명한 아이다. 심지어 무섭고 잔인하다는 말까지 들렸다.

사실 소문이 처음부터 그렇게 나쁜 건 아니었다.

작년 가을, 샤네르가 전학 온 첫날부터 아이들은 샤네르에게서 눈길을 떼지 못했다. 재벌 3세, 금수저라는 소문답게 교복 빼고 온몸을 명품 브랜드로 휘감고 있었다. 심지어 걸그룹 아이돌 같은 미모에 공부까지 잘한다고 했다.

샤네르는 아이들의 관심과 부러움을 한 몸에 받았다. 샤네르에 관한 이야기가 하루가 멀다 하고 들려오면서 선생님들의 입까지 오르내렸다. 학교는 온통 샤네르 이야기로 술렁거렸다. 아이들은 경쟁하듯 샤네르에게 먼저 말을 붙이려고 애썼고, 친해지고 싶어 안달했다. 그 애와 찍은 셀카를 SNS에 올리는 날엔 영광스럽게 생각하며, 샤느님이란 해시태그를 달기도 했다.

　희수도 소문의 그 애가 궁금했다. 그러던 어느 날, 희수는 우연히 샤네르와 마주쳤다. 화장실에 가려고 막 교실을 나서는 길이었다. 복도 끝에서 햇살같이 환한 빛줄기가 쏟아졌다. 단번에 샤네르라는 걸 직감했다. 희수는 두 손으로 입을 틀어막고, 복도 벽으로 바짝 붙어 섰다. 샤네르가 윤기 자르르 흐르는 긴 머리를 찰랑거리며 사뿐사뿐 걸어왔다. 머리부터 발끝까지 우아했다. 희수는 가슴이 콩콩 뛰었다.

　샤네르는 여중생들의 지루한 학교생활을 설렘과 환희로 바꾸어 놓았다. 축 처져 있던 아이들의 입꼬리가 귀에 걸렸고, 발랄한 웃음은 끊이지 않았다.

　물론 이런 시간은 오래가지 못했다. 이상하고 괴상망측한 소문이 떠돌기 시작했다. 샤네르가 산 사람을 공격해서 잡아먹는 좀비처럼 끔찍한 애라는 소문이었다. 샤네르와 가깝게 지냈던 아이들, 짝이었던 아이까지 당했다고 했다.

　소문의 진상은 이랬다. 샤네르와 깔깔거리며 이야기를 나누던 아이가 살짝 부딪쳤다거나 실수로 머리카락에 손끝이 닿은 애도 있었다. 그러면 샤네르는 사나운 살쾡이로 돌변해 날카로운 손톱으로 그 아이를 사정없이 할퀸다고 했다. 얼마나 살벌하고 무서운지, 아이들은커녕 선생님들도 말리지 못한다고 했다. 샤네르에 관한 소문은 아이들 입에서 입으로 강물 위의 종이배처럼 아슬아슬하게 떠다녔다.
　그 무시무시한 소문의 주인공 샤네르가 지금, 아이들 틈을 비집고 희수를 향해 다가왔다. 희수는 머리가 어질어질하고 속이 울렁거렸다.
　"안녕."
　샤네르가 희수 앞에 서더니 불쑥 손을 내밀었다. 길쭉길쭉한 손가락이 하얗고 가느스름했다. 희수는 비로소 샤네르를 유심히 쳐다볼 수 있었다.
　통통하게 젖살 오른 아기 피부에 동글동글한 선한 눈매, 여름 햇살의 유리창처럼 맑고 투명한 목소리. 얼굴선과 목선은 잘 빚은 도자기처럼 아름다웠다. 이 아이를 누가 날 선 살쾡이나 무시무시한 좀비라고 하겠는가.
　"나는 윤희수야."
　희수도 손을 내밀었다.
　"너도 나만큼이나 이 학교에서 유명하다며?"
　샤네르는 희수의 손끝을 살근살짝 잡는 척하더니 비껴갔다. 그러고는 이상한 말을 흘리며 자리에 앉았다.
　'잡는 척만 하는 건 뭐야!'
　희수는 황당해하며 손을 내렸지만, "나만큼이나 유명하다며?"라는 말에 대뜸 엄마 얼굴이 스쳤다. 목구멍에 뭐가 걸린 것처럼 밭은기침을 캑캑 쏟았다. 엄마 때문에 수만 번 아이들 입에 오르내리면서 놀림을 받았다. 희수는 그 괴로운 상황을 어쩔 수 없이 받아들여야만 했다. 이제 중3씩이나 됐으면 그만할 때도 되었을 텐데. 얼굴이 붉게 달아올랐다.

"너 매일 샤워는 하니? 속옷은 자주 갈아입고?"

샤네르가 눈살을 찌푸리며 희수를 위아래로 훑었다.

희수는 느닷없는 샤네르의 물음에 어이가 없었다.

"팬티 말이야."

샤네르는 희수 귀 가까이 얼굴을 들이대며 속삭였다.

"뭐라고?"

"내가 좀 예민해서. 그 뭐야. 스멜! 난 그거 딱 질색이거든."

샤네르가 검지로 코끝을 문지르며 피식 웃었다.

"넌 진짜 예의라곤 1도 없는 애구나."

희수는 눈을 치뜨고 샤네르를 째려보았다.

"예의라고? 어머, 그런 눈으로 쳐다보지 마. 너의 어. 머. 니. 께서 좀 그렇다며. 아니야? 너 예의 차리라고 미리 알려주는 거야."

샤네르는 입을 비틀며 웃었다.

하필이면 이럴 때 왜 눈물이 나려고 하는지. 희수는 눈에 힘을 주었다.

'울 엄마가 남들보다 좀 모자란 건 나도 안다.'

희수는 덥지도 않은데 온몸에 식은땀이 솟았다.

"틀린 말도 아닌데, 내가 이런 말만 하면 다들 왜 난리인지 몰라. 그래서 윤희수, 너한테 정. 중. 히. 물어본 거야."

샤네르는 나풀거리는 머리카락을 하나로 모아서 포니테일로 묶었다. 그리고는 파우치에서 CC크림을 꺼내 얼굴에 얇게 펴 발랐다. 또렷이 보였던 잡티들이 거짓말처럼 자취를 감춰 한결 상큼해보였다.

"얘 눈 돌아가겠어. 그만 좀 봐."

샤네르는 립밤으로 입술을 문지르며 희수를 쳐다봤다.

"이런 거 처음 봐?"

샤네르가 립밤을 희수 얼굴 가까이에 들이댔다.

샤넬 마크가 눈에 들어왔다. 온몸을 저 브랜드로 휘감는다고 붙여진 별명이 샤네르! 희수는 눈길을 홱 돌렸다.

"샤네르와 윤희수, 우리 학교 셀럽 두 사람 조합 볼만하겠다."

"앞으로 학교 다닐 맛 좀 나겠어."

"중딩 마지막 1년을 좋은 추억거리로 장식하겠다야!"

희수의 앞자리에 앉은 송명원과 차수림이 킥킥거렸다.

"야! 재수 없어. 나랑 엮지 마."

샤네르가 에어팟을 귀에 꽂으며 경멸의 미소를 지었다. 눈을 내리깔고 턱을 바짝 치켜들더니 자리에서 천천히 일어섰다. 모두의 시선이 일제히 샤네르에게 향했다. 샤네르가 한 발짝씩 걸음을 뗄 때마다 아이들이 양옆으로 비켜섰다.

앞에 앉아 있던 차수림이 몸을 홱 돌렸다.

"야, 윤희수! 너 성질 다 죽었다. 우리한텐 별거 아닌 것 갖고도 난리 난리, 생난리를 치면서 저딴 소릴 듣고 왜 가만히 계시는데요. 재벌 3세가 짝꿍 되니까 갑자기 레벨 업이라도 한 거 같아?"

차수림이 벌떡 일어나 손을 양 허리에 얹고 희수를 노려보았다.

"지난번 나한테 한 것처럼 목에 핏대 세우고 진상 짓 한번 하셔야죠!"

"그만해라."

희수는 입술을 꽉 깨물었다.

"넌…… 예의라곤…… 1도 없는 애구나. 하, 그게 뭐냐!"

차수림 옆에 있던 송명원이 희수가 샤네르에게 한 말을 따라 하며 낄낄거렸다.

"스멜 같은 모욕적인 말을 듣고 왜 가만히 있어? 그냥 확 쪼개 버리라고!"

송명원은 상기된 얼굴을 하며 주먹으로 책상을 쾅 내리쳤다.

그러거나 말거나 희수는 창밖으로 시선을 돌렸다. 애들이 무시하냐고 난리를 피웠지만, 대거리조차 하고 싶지 않았다.

차수림, 송명원네 무리 몇몇은 희수와 같은 초등학교를 나왔다. 초등학교 때부터 툭하면 엄마를 들먹이며 고양이 쥐 잡듯, 코너로 밀어놓고 희수 마음을 사정없이 난도질하던 주범들이었다. 이 애들 때문에 쏟은 눈물이 양동이로 차고 넘쳤을 거다. 그나마 샤네르의 전학으로 희수를 겨냥했던 시선이 샤네르에게 쏠리는 바람에 한동안 편안했다. 오히려 샤네르에게 고맙다고 해야 하나?

희수가 텅 빈 운동장에 시선을 고정했다. 가슴이 알싸하게 아리면서 씁쓸한 기분을 지울 수 없었다.

샤네르가 자리로 돌아왔다. 뒤이어 앞문이 스르륵 열리더니 담임이 들어왔다. 아이들이 우당탕거리며 제자리를 찾아 앉았다.

"중3이 중요한 시기인 거 느그들 알제? 난 여러 말 안 한데이. 시간 허투루 보내지 말고 일 년 동안 잘 하제이!"

담임은 손끝으로 안경을 치켜올리며 반짝이는 눈망울을 굴렸다.

"얘, 너 그 누구냐, 이시원이 앞에 있는 애."

담임이 희수 쪽을 말끄러미 바라보며 턱짓을 했다. 이 학교로 전근 온 지 며칠 안 된 담임의 입에서 샤네르의 이름이 자연스레 나왔다. 어떻게 벌써 알았을까? 희수는 괜스레 언짢았다.

"저요?"

송명원이 손을 번쩍 들며 우렁찬 목소리로 말했다.

"그래. 니! 그리고 옆에 니 짝. 느그 둘 다 메이크업 너무 진하

데이. 입술이 시뻘건 게 그게 뭐꼬? 나 때는 그런 걸 뭐라 캤는지 아나? 쥐 잡아 묵었다 안 캤나? 내는 그런 거 안 좋아한다. 무슨 말인지 알제?"

여기저기에서 쿡 웃음소리가 들렸지만, 매섭고 카랑카랑한 담임 목소리 때문에 금세 사그라들었다.

"특히 수업 시간에 휴대폰 울리는 거, 그런 일 없도록! 진동 그런 거 하지 말고 아예 꺼뿌라. 당장 전원 버튼 길게 눌르라. 걸리면 그냥 압수다. 얄짤없데이!"

아이들이 구시렁거리며 휴대폰 전원 버튼을 눌렀다. 희수도 전원을 길게 눌러 휴대폰을 껐다.

"저 아줌마 훈계질 쩐다."

샤네르가 고개를 저으며 빨간색 볼펜으로 필통을 콕콕 찍었다. 미키마우스 얼굴에 송송 구멍이 뚫렸다.

담임의 훈계는 한참 더 이어졌다.

그때 희수 옆에서 지지지이, 휴대폰 진동 소리가 났다.

"누구야! 폰 여태 안 끈 인간. 증말 죽고 싶나!"

담임의 매서운 눈길과 신경질적인 하이텐션에 몸서리가 쳐질 지경이었다.

"이게 누굴 엿 먹이나! 내 분명 짤없다 캤나 안 캤나!"

담임은 당장이라도 잡아먹을 듯 얼굴을 일그러뜨렸다.

"죄송합니다."

샤네르가 재킷 주머니에서 최신 기종의 아이폰을 꺼내더니, 천천히 전원을 껐다.

"아, 이시원이 니구나. 그래, 내 끄라 안 캤나."

담임은 금세 표정을 바꾸며 부드러운 목소리를 했다. 눈가에 웃음 주름까지 잡으며 던지는 미소가 어색하기 그지없었다.

"뭐야. 샤네르라서 봐주는 거야?"

차수림의 혼잣말이 어깨너머로 들렸다. 희수는 조용히 쓴웃음을 지었다.

수업이 끝나자 아이들은 부산스럽게 흩어졌다. 희수는 빨리 벗어나고 싶은 마음에 허둥지둥 교실을 빠져나왔다. 꽃샘추위의 차가운 바람이 얼굴을 스치며 목덜미로 파고들었다. 심장까지 서늘했다. 희수는 몸을 옹크리며 운동장을 가로질러 타달타달 걸었다.

정문 바로 앞에 까만색 승용차가 번쩍번쩍 비상등을 켜고 서 있었다. 운전기사로 보이는 아저씨가 자동차 옆에서 서성거렸다. 긴 머리카락을 흩날리며 샤네르가 자동차로 다가갔다. 그러고는 아저씨가 열어 준 뒷문으로 올라탔다. 까만 차는 우람한 엔진 소리를 내며 시야에서 멀어져갔다.

'스멜'이라는 샤네르의 말이 희수의 귓속에서 이명처럼 뱅뱅 거렸다. 희수가 차 꽁무니를 보며 주먹을 말아쥐었다. 불끈 힘이 들어갔다.

희수는 샤네르가 말하는 그 스멜이 뭔지 알고 있다. 엄마 몸에서 나는 냄새, 씻어도 잠시뿐 시큼털털 비릿비릿한 냄새……. 그게 스멜이고 엄마 냄새였다.

희수는 건널목을 건너 마을버스 타는 곳을 향해 걸었다.

❷ 어릴 땐 그랬어

　엄마를 생각하니 집에 가고 싶은 마음이 사라졌다. 희수는 정류장 벤치에 우두커니 앉아 02번 마을버스를 몇 번이나 그냥 보냈다.
　갓 초등학교에 입학한 것으로 보이는 여자아이와 엄마가 정류장에 섰다. 아이는 앙상한 나무를 잡고 "엄마, 엄마."라고 재재거리며 뱅글뱅글 돌았다. 아이 목소리가 정겹게 들렸다.
　"어지럽지 않아? 이리 와."
　아이 엄마가 환하게 미소 지었다.
　아이는 폴짝 달려가 엄마 품에 안겨 얼굴을 묻었다. 아이가 힐끔 희수를 쳐다보며 해죽 웃더니, 엄마 품으로 더 깊숙이 파고들었다. 두 사람의 표정이 편안하고 행복해보였다.
　희수는 저 아이만 할 때의 기억이 떠올랐다.
　초등학교 입학을 앞둔 어느 날이었다. 희수의 책가방을 사러 할머니와 엄마, 셋이 길을 나섰다. 할머니는 최고로 멋진 책가방을 사주겠다며 시내에 있는 백화점으로 데리고 갔다. 셋은 마을 버스를 탄 후 지하철로 갈아탔다. 희수는 지하철은 말로만 들어 봤지 처음 타보는 것이라 가슴이 뛰었다.

지하철은 정말 신기했다. 꼬리가 보이지 않을 정도로 기다란 건 기차와 같았지만, 땅속으로 다닌다는 게 놀라웠다. 할머니, 엄마와 희수는 의자에 쪼르륵 앉았다.

수시로 들리는 아저씨 목소리가 희수는 의아했다. 할머니에게 귓속말로 물어보니 다음 역을 알려주는 안내방송이라고 했다.

세 사람은 아홉 정거장 가서 내린 후 백화점까지 걸어갔다. 웅장한 백화점이 보이자 엄마가 펄쩍펄쩍 뛰며 좋아했다.

할머니는 백화점 입구에 서서 희수와 엄마를 번갈아 보며 '교양과 품위'라는 어려운 말을 써가면서 다짐시켰다. 어려운 말에 비해 내용은 비교적 간단하고 쉬운 거였다.

"소리치면 절대 안 돼!"

"뛰어다니면 절대 안 돼!"

"함부로 물건에 손을 대거나 만지면 절대 안 된다!"

어린이집에서도 항상 듣던 말이었다. 할머니는 선생님보다 훨씬 근엄한 표정을 지으며 "절대!"라는 말에 힘을 주었다. 예의와 질서를 지켜야 한다는 것쯤 희수는 이미 알고 있었다.

엄마가 눈을 반짝이며, 간간이 고개까지 주억거리면서 할머니 설교에 집중했다. 희수는 뻔한 이야기를 잘 듣는 척하면서 눈과 마음으로는 이미 거대한 유리문을 통과했다. 복작거리는 사람들 사이사이 빤짝빤짝 빛나는 불빛을 보며, 안달이 나 있었다.

드디어 안으로 들어갔다. 막상 들어가 보니, 그곳은 밖에서 상상한 것 이상의 전혀 다른 세상이었다. 천장에 매달린 어마어마하게 큰 샹들리에가 희수 눈길을 사로잡았다. 다이아몬드 수만 개가 주렁주렁 휘황찬란하게 빛났다. 희수는 눈이 휘둥그레졌다. 눈길이 가는 곳마다 화려하고 으리으리했다. 윤기가 잘잘 흐르는 대리석 바닥은 자칫하다간 미끄러져 넘어질 것 같았다. 희수는 어정쩡한 자세로 조심스럽게 걸음을 내디뎠다.

할머니가 그렇게 다짐시켰건만, 엄마는 그새 잊었는지 소리를 내지르며 뛰어다녔다. 희수는 엄마 마음이 충분히 이해되었다. 희수도 맘껏 소리 지르며 방방 뛰어다니고 싶었다. 반들거리는 바닥에서 미끄럼을 타며 마구 뒹굴고 싶었다.

할머니가 달려가 엄마 뒷덜미를 잡아챘다. 할머니는 입에 검지를 대고 애써 웃었지만 이미 화가 잔뜩 나 있었다. 많이 속상한 표정이었다.

희수는 사람들을 둘러보았다. 엄마처럼 입을 헤벌리고 웃는 사람도 없었고, 소리치며 날뛰는 사람도 없었다. 사람들은 환한 미소를 띠고 나긋나긋하게 말했고, 사뿐히 걸어다녔다.

"할머니, 저런 사람들이 교양 있고 품위 있는 사람들이야?"

희수가 할머니 귀에 대고 속삭이듯 물었다.

할머니는 희수 머리를 쓰다듬으며 고개를 끄덕였다. 희수는 엄마 때문에 속상해하는 할머니가 마음이 쓰여 조심조심 행동했다. 사람들의 교양과 품위를 따라 했다.

가방을 사기 전, 점심부터 먹기로 했다. 할머니는 9층에 맛있는 돈가스 집이 있다면서 엄마와 희수를 데리고 갔다. 할머니가 음식점 종업원에게 뭐라 뭐라 작은 소리로 말했다. 종업원은 알아들었다는 식으로 고개를 끄덕이더니 제일 구석진 자리로 안내했다. 희수는 하얀 벽이 보이는 이 자리보다 창가 빈자리에 자꾸 눈길이 갔다. 다른 사람들처럼 맑은 하늘과 바깥 도시 풍경을 감상하면서 돈가스를 먹고 싶었다. 왠지 돈가스는 그렇게 먹어야 어울릴 것 같았다. 희수는 아쉬웠지만, 할머니에게 조르지 않았다.

돈가스가 나왔다. 두툼한 고기는 무척 먹음직스러웠다. 양배추를 잘게 썬 샐러드도 푸짐했다. 할머니는 엄마와 희수의 고기를 먹기 좋은 크기로 썰어주었다. 돈가스와 샐러드에 각각 다른 소스를 뿌려주었다.

희수는 나이프를 사용하고 싶었다. 할머니처럼 양손으로 포크와 나이프를 잡았다. 할머니가 썰어준 고기를 한 번 더 잘랐다. 그러고는 탄산수를 마시며 야금야금 아껴 먹었다. 바삭하고 고소한 돈가스는 무척 맛있었다. 할머니가 희수를 바라보며 미소 지었다.

엄마는 자꾸 혓바닥으로 나이프를 핥았다. 나이프를 바닥에 떨어뜨리기도 했다. 급기야 탄산수를 테이블에 엎고 소리까지 질렀다. 할머니가 주위를 둘러보며 난감해했다. 희수는 구석 자리에 앉길 다행이란 생각이 들었다.

밥을 다 먹고 어린이 가방 코너로 갔다. 희수는 바이올렛색이 감도는 가방이 마음에 쏙 들었다. 가방을 메고 앞뒤 모습을 거울에 비춰 보았다. 벌써 초등학생이 된 기분이 들었다.

"우리 희수 참 많이 컸구나."

할머니가 희수를 바라보며 미소를 띠었다.

"희…… 수야아."

할머니 곁에 멀뚱히 서 있던 엄마가 울먹울먹하더니 희수를 꼭 안았다.

"엄마, 왜 그래."

희수는 당황해하며 물었다.

"너 요만했었는데…… ."

엄마가 양손을 살포시 펼치며 흐릿한 미소를 지었다. 눈에는 눈물이 그렁그렁했다.

희수는 엄마가 이상했다. 보통 때와 다른 사람 같았다. 엄마의 떨리는 목소리와 쿵쿵 뛰는 심장 소리에 목구멍이 뜨거웠다. 할머니가 다가와 희수와 엄마 등을 투덕투덕 쓸어주었다. 희수는 간신히 참았던 눈물을 왈칵 쏟았다.

희수는 지하철을 처음 탄 것보다 마음에 드는 책가방을 산 것보다, 이 순간이 제일 기쁘고 행복했다. 가슴이 빵빵해져 터질 것만 같았다.

"야, 윤희수!"

현석이 마을버스 창문으로 고개를 비쭉 내밀고 소리쳤다. 희수는 인상을 쓰면서 버스에 올라탔다.

"왜 크게 부르고 난리야."

희수는 현석의 옆구리를 쿡 찌르며 옆자리에 앉았다.

"반가워서 그랬지."

현석이 코를 훌쩍거리며 키득댔다.

현석은 남중에 다닌다. 희수가 다니는 여중보다 두 정류장 더 가야 해서 가끔 버스에서 마주치기도 했다.

"좁아. 이 덤보야. 엉덩이 좀 반으로 접어."

"귀여운 코끼리가 궁둥이를 반으로 접겠나이다!"

현석은 엄지와 검지로 브이를 만들어 턱에 붙이더니 몸을 창가로 바짝 붙였다. 현석의 키와 덩치는 하루가 다르게 훌쩍훌쩍 커졌다. 어느새 팔다리가 굵직굵직하고 어깨가 떡 벌어졌다.

"너네도 오늘 자리 정했겠네?"

희수는 저무는 해를 바라보며 말했다.

"말해 뭐해. 난 또 맨 뒷자리."

"내가 전에 샤네르란 애 얘기한 적 있지?"
"재벌 3세 금수저? 걔 우리 학교에서도 유명해."
"그 애가 내 짝이 된 거 있지."
"와! 좋겠다."
"좋긴 야! 걔, 완전 싸가지야. 글쎄, 안녕? 하면서 먼저 손을 내밀더라. 그래서 나도…… ."
"엄청 예쁘다며? 완전 연예인 필이라던데, 정말 그렇게 이쁘냐?"
"야! 죽을래? 말이 왜 그쪽으로 튀어."
희수가 현석이 얼굴에 주먹을 갖다 댔다.
"우리 학교 애들은 걔 보고 싶다고 난리도 아냐. 너네 학교 막 쳐들어갈 기세야."
현석의 입꼬리가 귀에 걸렸다. 목소리는 붕붕, 눈빛은 초롱초롱했다.
"못 말린다, 정말!"
희수가 현석의 팔을 꼬집으며 눈을 흘겼다.
"아야, 예쁘면 좋지 뭘 그래. 윤희수, 너 질투하냐?"
"어휴, 내가 너한테 뭔 말을 하겠니."
희수와 현석이 투덕거리는 사이 마을버스가 집 동네에 섰다. 둘은 버스에서 내려 나란히 걸었다.
희수와 현석은 오랫동안 한동네에 살았고, 같은 초등학교를 나왔다. 희수에게 현석은 유일한 베프였다.

"쟉 이름이 샤…… 뭐라고? 근데 걔는 뭔 이름이 그렇게 어려워, 외국 애야?"

현석이 다시 샤네르에 관해 물었다.

"갑자기 왜 이렇게 관심이야?"

"걔가 너 힘들게 하면 귀여운 이 덤보가 혼내주려고 그러지."

현석은 히히거리며 너스레를 떨었다.

"야, 됐거든. 노 프로블럼이다."

희수가 코웃음을 치며 심드렁하게 말했다.

"오호, 그 자세 좋아."

"나는 새로운 애들 만나는 게 왜 이렇게 부담되고 힘이 드나 몰라."

"다 그러면서 크는 거야. 힘내라, 윤희수!"

현석은 집 앞에서 커다란 덩치를 건들거리며 손을 흔들었다.

"샤네르 걔 이름 이시원이야. 물론 외국 사람 아니고!"

희수가 크게 소리쳤다.

"이시원! 이름 한번 시원하다. 좋은 이름 놔두고 샤네르, 그게 뭐니?"

현석이 능청맞게 웃었다.

03
엄마는 항상 웃는다

희수가 집에 들어서자, 엄마는 평상에 앉아 있었다. 보물들을 늘어놓고는 흥얼흥얼 노래를 불렀다. 보물이라는 건 엄마가 쓰레기통이나 길에서 주워 온 것들이다.

'정말 지겨워.'

희수는 엄마가 창피했다. 엄마는 지저분하고 몸에서 냄새가 났다. 똑똑하기는커녕 아둔했다. 엄마가 밉다! 미워 죽겠다.

초등학교 입학을 앞두고, 희수는 초등학교를 미리부터 드나들어야 했다. 지금은 은퇴하셨지만, 당시 할머니는 중학교 선생님이었다. 학기가 시작되면 희수의 입학식은 물론 학교도 데리고 다닐 수 없었다. 봄방학을 기해서 할머니는 희수에게 학교 가는 법을 연습시켰다. 학교 위치며 마을버스 타는 법, 버스에서 내리는 법까지 상세히 가르쳤다.

어떤 날에는 할머니와 손잡고 갔다. 새로 산 책가방을 덜렁덜

렁 메고 갈 때도 있었다. 그럴 때면 희수는 정말 학교 가는 기분이 들어서 더욱 설렜다.

할머니는 이것저것 희수에게 알려주면서, 다짐하는 말도 빼놓지 않았다.

"눈을 똑바로 뜨고! 누가 뭐라고 지적해도 마음에 담아 두지 말고! 절대 기죽지 말고 당당해야 한다!"

할머니가 한 달 내내 일러준 말이었다.

어느새 희수는 할머니와 수십 번이나 학교에 드나든 덕에 눈 감고도 찾아갈 수 있을 만큼 능숙하게 됐다. 그새 집으로 오는 지름길도 알아냈다. 그 길은 무척 가팔랐다. 꼬불꼬불한 골목길인데, 양옆으로는 햇빛조차 드나들기 힘든 콧구멍만 한 집들이 다닥다닥 붙어 있었다. 길은 올라갈수록 점점 좁아져서 나중엔 어른 몸 하나 겨우 드나들 정도로 비좁았다. 골목길을 오를 때면 사람들은 다 고물고물 걸었다. 할머니는 인적이 드문 길은 위험하니 절대로 혼자 다니면 안 된다고 했다.

드디어 초등학교에 입학하는 날이 되었다. 하지만 예상하지 못한 일이 생겼다.

할머니는 이른 아침부터 희수를 깨웠다. 세수를 시키고, 새 옷을 입혔다. 그러고는 희수 손을 잡고 불쑥 현석 엄마를 찾아갔다.

"우리 희수도 현석이랑 같이 학교에 데리고 다녀줄 수 있을까요?"

할머니가 허리까지 굽혀 가며 현석 엄마에게 정중히 부탁했다. 희수는 깜짝 놀라 눈이 동그래졌다.

"아휴, 그럼요. 걱정하지 마세요. 이참에 조금이라도 빚을 갚게 되는 것 같아서 오히려 제가 감사한걸요."

현석 엄마가 반색하며 고개를 끄덕였다. 현석 엄마는 오후 시간에 계절에 맞춰 호떡이나 붕어빵, 컵볶이를 팔았다. 장사를 나갈 때마다 현석을 희수네에 맡겼었다.

"할머니, 나 학교 알잖아. 혼자 잘 찾아갈 수 있어."

희수가 할머니에게 말했다.

"희수야, 아줌마 손 꼭 잡고 학교 가, 가서 선생님 말씀도 잘 들어야 한다."

할머니가 종종걸음으로 학교에 출근했다.

'그동안 연습시켜 놓고선. 할머니는 내가 왜 미덥지 못한 걸까.'

희수는 할머니의 뒷모습을 보면서 서운한 마음이 일었다.

할머니에게 스스로 해내는 모습을 보여주고 싶었고, 자랑하고 싶었다. 대견하다는 칭찬도 받고 싶었다. 그 바람이 물거품이 된 채, 희수는 한동안 현석 엄마와 현석이 그리고 자기까지 셋이 학교에 다녔다.

희수는 놀라운 사실을 알게 됐다. 추레하던 현석 엄마가 학교에 갈 때면 다른 사람으로 변신했다. 빠글빠글 파마머리가 굽

실굽실한 웨이브로 바뀌었고, 칙칙한 얼굴은 연분홍 볼 터치 덕분에 화사하게 생기가 돌았다. 몸에선 은은한 향기가 풍겼고, 무릎까지 올라간 검은색 치마에 뾰족한 굽 달린 구두를 신은 현석 엄마는 세련된 전문직 여성 같았다. 마치 마법에 걸린 신데렐라처럼.

현석 엄마는 또 누구에게나 생글생글 웃었고, 상냥했다. 할머니가 말한 교양과 품위가 보였다. 교양과 품위는 백화점에 드나들 때만 필요한 게 아니었다. 희수 눈에는 조금 어색했지만, 현석 엄마는 분명 교양과 품위가 있었다. 학교 친구 엄마들도 마찬가지였다. 모두 미소 지으며 사근사근 말했다. 단정했고, 반짝반짝 빛났다.

'왜 우리 엄마만 그렇지 못할까?'

희수는 슬펐다.

1학년이 된 지 두 달 뒤, 어버이날이 다가왔다. 선생님이 도화지에 가족을 그리라고 했다. 희수가 친구들을 둘러보니, 다들 아빠와 엄마를 그리고 있었다.

희수는 아빠가 없었다. 멀뚱멀뚱 흰 도화지만 뚫어지게 보았다. 그때 희수 옆을 지나가던 선생님이 멈칫했다.

"여러분, 엄마, 아빠를 그려도 되고, 할머니, 할아버지, 함께 사는 가족이면 누구를 그려도 좋아요."

선생님이 희수 머리에 가만히 손을 얹으며 말했다. 손길이 무척 부드럽고 따스했다. 희수는 고개를 슬그머니 들고 선생님을 올려다보았다. 빨간색 입술, 달랑이는 귀걸이를 단 선생님의 얼굴에서도 빛이 났다. 알록달록 꽃무늬 원피스에선 은은한 꽃향기가 풍기는 것 같았다.

'선생님이 우리 엄마였으면 좋겠다.'

희수는 처음으로 그런 마음이 들었다. 가슴이 콩콩 뛰었다. 신나게 그림을 그리기 시작했다. 구불구불 파마머리를 한 여자는 눈이 초롱초롱했다. 빨강 입술에 반짝반짝 빛나는 귀걸이를 하고, 화사한 분홍원피스를 입었다.

"야! 너네 엄마 이렇게 안 생겼잖아."

현석이 팔꿈치로 희수를 치면서 소리 낮춰 말했다.

희수는 가슴이 쿵 했다. 얼굴도 붉어졌다.

'현석이 말이 맞아. 얘는 나랑 세 살 때부터 어린이집을 같이 다녔는걸. 아줌마가 장사 나갈 때마다 우리 집에서 밥을 먹었어. 울 엄마는 현석이가 집에 오면 밥을 잔뜩 차려줬지. 얘는 밥을 진짜 많이 먹었어.'

희수는 갑자기 눈물이 났다.

"울어?"

현석이 어쩔 줄 몰라 했다.

"이 사람 울 엄마 맞아. 이렇게 예쁘게 생겼다 뭐."

희수는 현석을 쏘아보며 소리쳤다.

"윤희수, 왜 그러니?"

선생님이 가까이 오더니 희수가 그린 그림을 들여다보았다.

희수는 고개를 푹 숙였다. 자꾸만 눈물이 났다. 희수가 주먹으로 눈을 꾹꾹 눌렀다. 현석이 얼굴을 들이밀며 빤히 쳐다봤다.

"미안해."

소처럼 눈을 끔벅끔벅하더니, 손으로 희수의 눈물을 닦아주었다.

희수는 코를 훌쩍거리며 짙은 회색 크레파스로 분홍원피스 위에 덧칠했다. 고동색 바지도 그려 넣었다. 필통에서 지우개를 꺼내어 빨간 입술과 귀걸이를 문질렀다. 지울수록 크레파스가 지저분하게 번졌다. 그림 속 엄마가 칙칙하게 변해갔다. 엉망이 된 얼굴에 입을 큼지막하게 그려 넣었다. 환한 웃음꽃이 피었다.

"이제 맞네. 아줌마는 항상 웃잖아."

현석은 머리를 긁적이며 미소 지었다.

'맞아, 우리 엄마는 항상 웃는다.'

희수는 엄마가 몹시 보고 싶었다. 심장이 쿵쿵거렸다.

그날 수업이 끝나자마자 냅다 지름길로 향했다. 할머니가 혼자 다니면 위험하다고 한 길이었다. 하지만 희수는 마을버스를 기다릴 수 없었다. 골목길이 가팔라서 숨이 목까지 차올랐다. 얼굴이 발갛게 달아오르고 목덜미에 땀방울이 송송 솟았다.

"엄마!"

희수는 대문을 박차고 쏜살같이 엄마한테 뛰어들었다. 엄마 목을 끌어안으니 참았던 눈물이 쏟아졌다.

"희수가 안아주니까 좋다아."

희수는 처음에 엄마가 아닌 선생님을 그렸었다. 그런데도 엄마는 바보처럼 히죽히죽 웃었다.

"엄마, 미안해."

희수가 울먹울먹 말했다.

엄마는 뭐가 좋은지 희수를 끌어안고 흔들흔들했다.

"사랑해. 엄마도 나 사랑하는 거 맞지이?"

"희수 땀났네에?"

엄마가 희수 이마에 내려온 머리카락을 쓸어 올려주며 배시시 웃었다. 비록 희수가 원하는 답은 듣지 못했지만 엄마가 있어서 됐다. 희수는 엄마 가슴을 더 깊이 파고들었다. 눅진하고 퀴퀴한 냄새가 났다. 그래도 좋았다.

엄마는 화를 안 내서 좋아. 잔소리가 없어서 좋아. 항상 웃어서 좋아.

04
아파서 그래, 엄마가

미술 시간 일이 있고 나서 며칠 뒤, 할머니가 학교에 왔다.
"희수야!"
할머니는 교실 문을 열고 고개를 빠끔 디밀었다.
희수가 강중거리며 할머니에게 달려갔다.
"혼자 심심하지? 선생님 만나고 금방 올게."
할머니는 희수 볼을 어루만지더니 교무실로 바삐 걸어갔다.
'할머니가 왜 왔을까?'
희수는 몹시 궁금했다.
한참 지나도 할머니는 오지 않았다.
희수는 살금살금 교무실에 가서 까치발로 창문을 들여다보았다. 머리가 허연 할머니가 보였다. 할머니는 선생님 앞에서 무릎을 모으고, 심각한 얼굴을 하고 이야기를 나누고 있었다. 희수는 눈물이 나오려는 걸 참으며 교실로 돌아왔다.
"많이 기다렸지?"

한 시간이 더 지났을 즈음, 할머니가 나타났다. 할머니 눈자위가 붉어져 있었다.

"할머니, 선생님한테 혼났어?"

"무슨 소리야. 우리 희수가 학교생활을 잘하고 있는데, 할미가 왜 혼나? 그냥 선생님과 할 얘기가 있었어."

할머니는 씩 웃으며, 희수 손을 잡고 교실을 나왔다. 두 사람은 말없이 걸었다. 희수는 힐끔거리며 할머니 눈치를 살폈다. 할머니는 땅을 보고 걷다가 가끔 먼 곳을 보기도 했다.

"할머니, 저번에 미술 시간에 내가 엄마 안 그리고, 선생님을 그렸어."

희수는 자꾸 마음이 쪼그라들었다.

"그랬어?"

"내가 거짓말로 그려서 선생님한테 혼났지? 그래서 할머니 운 거지?"

"아니야. 선생님이 희수가 엄마 모습 잘 그렸다고 하시던걸."

"정말?"

"그럼, 정말이지."

한참을 걷던 할머니가 희수에게 물었다.

"근데 희수야, 엄마가 창피해?"

할머니 목소리가 가늘게 떨렸다.

희수는 할머니한테 속마음을 들킨 것 같아 부끄러웠다.

"나는 솔직히 엄마가 냄새도 안 나고, 깨끗하고 예뻤으면 좋겠어."

할머니가 차분하고 담담하게 말했다.

"엄마도 실은 너처럼 깔끔하고, 엄청나게 똑똑하고 예뻤어. 근데 다쳐서 그래."

희수는 여태 엄마에 관한 이야기를 한 번도 들어본 적이 없다. 아니, 한 번도 물은 적이 없었던 것도 같았다. 그런데 할머니가 엄마 얘기를 처음 꺼냈다. 희수는 귀를 쫑긋했다.

"왜애? 어딜 다쳤는데?"

희수는 할머니 얼굴을 올려다보았다.

"마음도 다치고 머리도……."

할머니가 목이 메는지 큼큼 기침했다.

"병원 가서 치료받으면 되잖아."

할머니는 한숨을 쉬며 수많은 병원에 다 다녀봤지만 어쩔 수 없었다고 했다. 희수는 할머니의 대답이 아리송했다. "아프면 수술하면 되지." 하고 말하려다 꾹 참았다.

할머니를 힐끔 보니 이미 가슴부터 목, 눈, 이마, 머리 꼭대기까지 눈물이 꽉 차 있는 것처럼 보였다. 희수는 할머니가 가엾어서 가만히 손을 잡아주었다.

"우리 희수가 좀 더 크면 할미가 다 말해줄게."

할머니는 큰 숨을 내뱉으며 혼잣말처럼 중얼거리듯 말했다.

하지만 희수가 중학생이 되어서도 할머니는 엄마에 대해 말해주지 않았다.

초등학교에 이어 중학교도 같은 학교에 다니게 된 차수림과 송명원은 중2 때 같은 반이 되고 난 뒤 희수를 더 심하게 조롱하고, 모욕했다.
"너네 엄마, 쓰레기통 뒤지는 것도 모자라 먹을 것도 주워 먹는다며? 야, 그런 엄마를 두면 어떤 기분이냐?"
송명원은 희수 가슴께까지 얼굴을 들이대며 낄낄거렸다. 차수림은 한술 더 떴다.
"울 엄마는 쟤네 모친을 걸뱅이라 하더라."
옆에 있던 아이들은 "걸뱅이가 뭐야? 각설이?"라고 물으며 폭소를 터뜨렸다.
"제발 그만해. 꺼지라고!"
희수는 속에서부터 용암처럼 끓어오르는 화를 견딜 수 없었다. 눈이 찢어져라 차수림을 째려보고는 이어폰을 귀에 꽂았다.
"야, 저년 눈깔 봤냐? 수림이 널 잡아먹으려고 독이 올랐다. 어머, 무서워라."
송명원이 비아냥거리며 바닥에 침을 찍 뱉었다.
차수림이 흐느적거리며 다가와 희수가 낀 이어폰을 낚아챘다. 그러고는 바닥에 내팽개쳤다.

"네가 째려보면 어쩔 건데? 어때, 더 열 받지. 그렇지?"

차수림은 기다랗게 기른 손톱으로 희수 이마를 콕콕 찍으며 실실거렸다.

집에 돌아오자, 엄마는 소파에 앉아 노래를 듣고 있었다. 희수는 화가 부스스 났다.

"내가 왜 엄마 때문에 이렇게 힘들게 살아야 해."

희수는 엄마를 향해 소리 질렀다. 엄마가 깜짝 놀랐는지 눈을 동그랗게 뜨고 소파에서 벌떡 일어났다.

"희수야아, 왜에 그래애?"

엄마가 뒷걸음치며 물었다. 희수는 더 바짝 엄마에게 다가갔다.

"그걸 몰라서 물어?"

희수는 엄마 이마를 손톱으로 콕콕 찌르며 다그쳤다.

"아야, 아프다. 아프다, 희수야아."

엄마가 두 팔로 이마를 가리며 몸을 피했다.

"나는 수림이보다 손톱도 짧은데 뭐가 아파! 내 마음만큼 아파? 나는 죽을 만큼 힘들어. 이까짓 게 뭐가 아파! 내가 왜 엄마 때문에 걔네한테 모욕당하고 살아야 하는데?"

희수는 바락바락 소리를 질렀다.

"그르지마아, 무섭다아."

엄마가 소파 옆 구석진 곳에 숨듯이 쪼그리고 앉아서 고개만 빼꼼 내밀었다.

"난 엄마가 내 눈앞에서 제발 없어졌으면 좋겠어."

희수의 말에 엄마가 고개를 푹 숙인 채 바들바들 떨었다.

"윤희수, 너 지금 무슨 짓이야."

할머니가 장바구니를 들고 현관 앞에 서 있었다. 할머니의 목소리는 낮고 차분했다. 화가 머리끝까지 났다는 거다.

희수는 통통 발소리를 내며 방으로 들어갔다.

"미영아, 이리 와. 많이 놀랐지?"

할머니가 엄마를 달래는 소리가 들렸다.

"어머니, 희수 나쁩니다. 이제…… 부터 희수, 안 좋아…… 합니다아."

엄마가 훌쩍거리는 것 같았다.

"나는 어머니만 계속계속 좋아합니다아."

"미영이는 엄마의 이쁜 딸이고, 희수는 우리 미영이의 딸인데 고렇게 이쁜 희수를 안 좋아할 거라고?"

할머니가 엄마에게 간지럼을 태우는지, 아이처럼 헤헤 웃는 엄마 웃음소리가 들렸다.

"미영아, 희수가 힘들어서 그런 거야. 이해할 수 있지?"

할머니의 야들야들한 목소리가 들려왔다.

희수는 눈물이 왈칵 솟았다. 아이들에게 당한 걸 엄마에게 화풀이하다니, 스스로 정말 유치했다. 할머니는 엄마가 차라리 없어졌으면 좋겠다는 희수의 말을 듣고 얼마나 기막혔을까? 희수는 할머니를 아프게 한 것 같아 속상했다.

방문을 똑똑 두드리는 소리가 났다.

"우리 희수 그 무섭다는 중2라서 그런가?"

할머니가 방에 들어오더니, 희수 어깨를 가만히 토닥였다.

"몰라."

희수는 눈물을 훔치며 퉁명스럽게 말했다.

"공부가 힘들어?"

"아니야."

"친구들이 아직도 엄마에 대해 뭐라고 하던?"

할머니가 희수 얼굴을 쓸어주었다. 할머니는 초등학교 내내 희수가 엄마 때문에 괴롭힘 당한 걸 알고 있었다. 할머니는 차수림과 송명원 그 무리들에게 여러 차례 달래도 보고, 타일러도 보았으나 소용없었다.

"나도 엄마한테 안 그러려고 해도……."

희수가 휴지로 코를 팽 풀며 훌쩍였다.

"엄마를 조금 가엾고 불쌍하게 봐주면 안 되겠니?"

희수가 할머니 허리춤에 얼굴을 묻었다. 할머니는 희수 머리를 가만가만 쓰다듬어주었다.

"희수야…… ."

할머니는 숨을 고르며 뜸을 들였다. 잠시 후, 엄마 이야기를 털어놓았다.

고3 수능을 앞둔 어느 날이었다. 그날따라 엄마는 머리가 아프고 몸도 오슬오슬 떨렸다. 컨디션이 영 좋지 않아서 야자를 하다 말고 집에 왔다. 할머니도 학교에 일이 있어 퇴근이 늦었다. 아프다는 엄마의 전화를 받고는 부랴부랴 집으로 달려왔다.
할머니가 집에 와보니 엄마는 보이지 않고, 집 안이 뒤죽박죽 난장이었다. 도둑이 든 것 같았다.
"미영아, 미영아!"
할머니가 집안 곳곳을 뒤지며 찾았지만, 엄마는 어디에도 없었다.
그때, 식탁 위에 있는 부엌칼이 눈에 띄었다. 할머니는 다리에 힘이 풀려 바닥에 털썩 주저앉았다. 무섭고 두려웠다. 있는 힘껏 "미영아!" 하고 울부짖었다. 얼마 뒤 정신을 차리고 나서야 112에 신고했다.
경찰 두어 명이 집에 왔다. 엄마가 안 보인다는 말을 듣고 경찰 중 한 명은 무전기로 어디론가 연락했다. 한 명은 장갑 낀 손으로 부엌칼을 비닐봉지에 담았다. 그리고는 엉망이 된 곳곳을 사진으로 찍었다.
경찰들은 흩어져 다시 집 안팎을 샅샅이 뒤졌다. 그러다 한 경찰이 뒤켠 어두컴컴한 창고에서 엄마를 발견했다.
"엄마의 눈과 입이 테이프로 친친 감긴 데다 팔다리는 끈으로 꽁꽁 묶여 있었어."
할머니는 그때 일을 설명하면서 몸서리를 쳤다.
희수는 두 손으로 입을 가린 채 아무 말도 못 했다. 눈물이 났지만, 소리 내어 울 수 없었다.
할머니와 엄마는 병원에 입원했다. 할머니는 며칠 만에 마음을 추슬렀다. 어린 나이에 큰 충격을 받은 엄마는 실어증에 걸리고 말았다.
"충격으로 인한 선택적 함구증일 가능성이 크니 언젠가 다시 말을 찾을 수도 있습니다."
의사가 할머니를 위로했다.
엄마는 그렇게 함구증과 지적 장애라는 병명을 갖게 되었다. 침대에 누워 있는 엄마는 흰자위만 허옇게 뜨고는 초점을 잃은 채였다.
할머니는 학교를 휴직했다. 엄마를 데리고 전국을 수소문하여 용하다는 병원마다 데리고 다녔다. 하지만 엄마의 상태는 나아지지 않았다. 할머니는 엄마와 함께 죽으려고 몇 번이나 마음먹었다고 했다.
"죽는 것도 쉽지 않더구나, 하지만 그때 죽었으면 어쩔 뻔했어. 이렇게 예쁜 우리 희수 만나지도 못했을 텐데."

할머니는 희수 볼을 어루만지며 눈물을 닦아주었다.

그렇게 시간이 흐른 어느 날이었다. 엄마가 침대에서 내려오더니, 발을 한 발짝씩 떼며 비척비척 걸었다. 할머니는 너무 감사해 눈물을 흘렸다. 엄마는 그때부터 밖을 하염없이 돌아다녔다. 다행인 건 엄마가 용케 집은 찾아 들어왔다는 것이다. 할머니는 엄마가 살아 움직이는 것 자체만이라도 그저 기뻤다고 했다.

엄마는 이 집 저 집 쓰레기통을 기웃거렸다. 땅바닥에서 눈에 띄는 건 뭐든 주워 왔다. 그러다 새끼 고양이 한 마리를 안고 왔다. 고양이는 병들었는지 며칠 굶었는지, 흐릿한 눈을 한 채 몸이 축 늘어져 있었다.

"아니, 웬……."

"사.. 살, 려줘어."

엄마가 사고를 당한 이후 처음 뗀 말이었다. 할머니는 말하는 게 신기해 멍하니 엄마만 바라보았다.

"엄머니, 아가 살…… 려 주세요."

"그래. 우선 물부터 먹이자꾸나."

할머니가 고양이를 받아들자 엄마의 입꼬리가 살짝 올라갔다.

'네가 드디어 말문이 트였구나. 감사합니다, 감사합니다.'

할머니는 눈시울을 붉혔다.

엄마는 고양이를 돌보면서 차차 일상을 찾아갔다.

"그 도둑은 어떻게 됐어? 잡았지? 감옥 갔어?"

희수 목소리가 파르르 떨렸다.
"아니, 못 잡았어. 그땐 지금처럼 CCTV가 많지 않았거든."
창밖의 하늘을 쳐다보는 할머니 눈가가 촉촉했다.
희수는 할머니를 가만히 안아주었다. 할머니가 한숨을 크게 내쉬며 자리에서 일어났다. 희수가 흘끗 곁눈질로 할머니 눈치를 살폈다. 희수는 아빠에 관한 이야기도 궁금했다.
어릴 때부터 희수가 아빠를 찾거나 어디 있는지 물어보면, 할머니는 슬그머니 화제를 돌렸다.
희수는 자신과 엄마를 버리고 도망갔다거나, 감옥에 갔다거나 하는 무시무시한 말이 나올까 봐 두렵기도 했다. 차라리 모르는 게 낫겠다 싶어 더 묻지 않았다.
이제는 다르다!
'아빠란 사람이 누군지, 딸인 내가 알아야 해.'
희수는 몇 번이나 마음속으로 다짐했다. 할머니가 엄마 이야기를 이제야 들려주었다는 건, 희수가 이해할 나이가 되었다고 판단했기 때문일 거다. 그렇다면 아빠에 관한 것을 이젠 알아야 하지 않을까?
"할머니, 아빠는…… ?"
아빠란 말이 나오자마자 할머니가 손을 홰홰 내저었다.
"어떤 사람이야? 나도 이제 다 컸잖아."
희수는 결연한 눈빛으로 재차 물었다.

"다음에…… ."

할머니가 희수의 말꼬리를 자르며 말을 삼키는 것 같았다.

희수는 더 묻지 않았다. 할머니가 엄마 이야기를 오늘에야 해 준 것처럼 언젠가 아빠 이야기를 들려줄 날이 올 것이다. 지금껏 기다렸으니, 앞으로 더 기다릴 수 있다.

05
굳은살이 떨어지고

3월 새 학기가 지나고, 어느새 4월이 되었다. 흐드러지게 핀 벚꽃이 눈꽃처럼 하늘하늘 흩날렸다. 노란 개나리에 이어 연분홍 진달래가 만발하기 시작했다.

희수는 하루하루가 편하지 않았다. 그래도 애써 괜찮은 척 지내려고 노력했다.

샤네르를 신경 쓰지 않으려고 했다. 그저 그때처럼 '스멜'이란 소리를 들을까 봐 매일 샤워하고, 속옷도 잘 갈아입었다. 샤네르와 눈 한번 마주치지 않았고, 아예 눈길조차 주지 않았다. 오히려 샤네르의 곁눈질을 느낀 적은 있다. 하지만 그 시선조차 모르는 척 차단했다.

샤네르는 여전히 아이들 사이에서 선망과 질투의 대상이었다. 샤네르가 운동화만 바꿔 신고 와도, 팔찌나 목걸이가 바뀌고, 파우치만 열어도 아이들은 웅성웅성 몰려와 구경했다. 샤네르는 남들 시선을 끄는 재주가 있었다. 그러면서도 정작 애들의 시선을 받으면 심드렁했다. 희수는 그 점이 잘 이해되지 않았다.

'애들 시선을 끄는 게 좋다는 거야, 싫다는 거야?'

희수는 가끔 샤네르가 소문처럼 끔찍한 애가 아닐지도 모른다는 생각이 들었다. 샤네르는 의외로 애들이 자주 쓰는 욕설이나 귀에 거슬리는 신조어조차 입에 올리지 않았다. 물론 욕을 안 한다고 해서 하루아침에 살쾡이 습성이 없어지는 건 아닐 것이다.

희수는 긴장을 놓지 않고 마음과 몸을 최대한 사렸다. 샤네르에게 하는 것처럼 반 아이들과도 되도록 말을 섞지 않았다. 희수는 자신이 외톨이 같았지만 오히려 마음은 홀가분하다는 생각이 들었다.

2교시가 시작되는 종이 울렸다. 다음 시간은 수학이었다. 희수는 문제를 풀려고 필통을 열었다. 그런데 샤프를 꺼내려다가 그만 놓치고 말았다. 샤프가 샤네르 발밑으로 또르르 굴러갔다. 희수는 바짝 긴장했다.

"안 줍고 뭐 해! 내가 주워줘?"

샤네르가 얼굴을 찡그리며 말했다.

희수는 엉덩이를 빼고 몸을 깊게 숙이면서 샤네르 발밑으로 손을 뻗었다. 순간, 샤네르가 샤프를 발로 꾹 밟았다.

"발 좀 치워줄래?"

희수가 몸을 숙인 채 말했다. 그러자 샤네르는 샤프를 발로 톡 찼다. 샤프가 어디로 굴러갔는지 보이지 않았다. 희수는 기가 막혔다.

"계속 그러고 있을 거니? 냄새 나는 몸뚱이 좀 치워줄래?"

샤네르가 눈을 가느스름하게 뜨며 입꼬리를 올렸다. 아이들이 와하하, 폭소를 터뜨렸다.

희수는 화가 났다. 샤프를 포기하고, 재빨리 몸을 일으키려는데 한쪽으로 기우뚱하면서 균형을 잃었다. 희수는 고꾸라질 것 같이 휘청휘청하다가 샤네르의 어깨를 짚으며 나동그라졌다.

"이게 어딜 만져!"

샤네르가 발딱 일어서더니 희수 의자를 발로 걷어찼다. 희수는 어이가 없었다. 아이들도 놀라서 숨죽인 채 이 광경을 지켜봤다.

"내가 뭘 어쨌다고 그래? 네가 내 샤프를 먼저 발로 차서……."

희수가 따지려고 하는데 눈에서 눈물이 차올랐다.

"네가 뭔데 감히 나를 만져!"

샤네르는 미친 사람처럼 악악거렸다. 그건 소리가 아니라 비명이고 발악이었다.

"뭐라고?"

희수는 뭐 이런 애가 있나 싶었다. 적반하장이 따로 있지. 먼저 잘못한 게 누군데 피해자인 양 코스프레를 하는지 모르겠다.

"더러워. 너 더럽단 말이야!"

샤네르는 자기한테 오물이라도 묻은 것처럼 신경질적으로 몸을 탈탈 털었다.

"야! 내가 뭘 어쨌다고 지랄이야!"

희수가 참다못해 핏대를 세우고 소리를 질렀다.

"너 지금 지랄이라고 했어? 이게 정말!"

샤네르의 눈에 빨갛게 핏줄이 섰다. 정말 좀비 같았다, 희수는 섬뜩했다.

"캬, 볼만하다."

"드디어 셀럽들이 터졌다, 터졌어."

"폭발했다, 샤네르, 윤희수. 꼭지 열렸네!"

반 아이들의 관심과 비웃음이 물결처럼 퍼졌다.

"무슨 일이니?"

교실에 막 들어선 수학 선생님의 눈이 휘둥그레졌다.

샤네르는 별안간 가방을 싸기 시작했다. 그러고는 거침없이 교실에서 나가버렸다. 꽝! 닫히는 문소리가 요란했다. 아이들이 깜짝 놀라 소리 지르며 귀를 막는 시늉을 했다.

선생님은 당황한 기색이 역력했다. 미간을 찌푸리며 한숨을 크게 쉬었다.

"자, 책들 펴라. 어디 할 차례지?"

희수는 분해서 견딜 수가 없었다. 속이 울렁거리고 메슥메슥했다.

"선생님, 화장실 좀……."

희수가 손을 들어 양해를 구하는 동안 입에서 쓴물이 줄줄 흘러나왔다. 희수는 황급히 입을 틀어막고 화장실로 달렸다. 양변기 앞에 쪼그리고 앉자, 아침에 먹은 것이 다 올라왔다. 희수는 속에 있는 걸 다 게워냈다.

'나쁜 년!'

희수는 샤네르의 모욕과 경멸에 몸서리를 쳤다. 빨리 졸업해서 지긋지긋한 이곳을 벗어났으면 좋겠다고 생각했다.

세면대에서 입을 헹구고 눈물을 훔쳤다.

'더러워. 너 더럽단 말이야.'

샤네르의 목소리가 사방에서 웅웅 울렸다. 희수는 찬물로 머리를 감고, 귀를 박박 씻어냈다. 세수하면서 피가 맺히도록 얼굴도 왁왁 문질렀다. 물을 적셔가며 토사물이 묻은 상의를 비벼 빨았다. 그래도 냄새가 나는 것 같았다.

'엄마 때문이야. 엄마 때문에 내가 자꾸 이런 취급을 받는 거야.'

갑자기 한기가 몰려왔다. 오돌오돌 몸이 떨렸다. 희수는 몸을 한껏 옹크린 채 보건실로 발길을 옮겼다.

"어머, 밖에 소나기 쏟아지니?"

보건 선생님이 희수의 위아래를 훑으며 창문 밖을 내다보았다.

"세상에, 웬일이니? 이거 주인 없는 거야. 얼른 갈아입자."

선생님이 호들갑스럽게 수건으로 희수 머리를 닦아주었다. 뒤

이어 상의를 벗기고는 체육복 윗도리를 입혔다.
"이것 좀 마셔 봐."
선생님이 보온병을 몇 번 흔들더니 머그잔에 차를 따랐다. 희수는 두 손으로 잔을 받아 들었다. 노르스름한 빛깔에서 알싸한 향이 났다.
"도라지 우린 차야. 이거 마시면 속이 뜨끈해질 거야."
희수는 후후 불며 차를 들이켰다. 도라지 차가 역하고 씁싸름해 토악질이 났다. 희수는 꾹 참고 차를 넘겼다. 다행히 차가 목을 타고 넘어가자 답답하고 막혔던 속이 시원해졌다.
"속이 뻥 뚫리는 거 같지? 난 그래서 이 차가 좋아. 마시면 마음이 개운해지거든."
희수는 "잘 마셨습니다," 하고 고개를 꾸벅했다. 선생님은 희수가 내민 머그잔을 받아 들었다. 얼굴에 화색이 도는 걸 보니 역시 도라지 차가 최고라며 우쭐댔다.
"한잠 푹 자고 나면 좋아질 거야."
보건 선생님은 침대의 전기장판 온도를 따끈하게 올렸다.
얼마가 지났을까. 누군가가 희수를 흔들어 깨웠다.
"희수야."
희수는 눈을 뜨려고 해도 눈이 떠지지 않았다.
"희수야!"
솜털같이 부드러운 할머니 목소리였다.

희수가 살포시 눈을 떴다. 역시 할머니였다. 할머니가 안쓰러운 얼굴로 희수를 내려다보고 있었다.

"가자, 집에."

할머니가 희수 몸을 일으켜 세웠다. 희수는 할머니를 보자 눈물이 터져 나왔다. 할머니는 희수가 울음을 그칠 때까지 한참을 안고 토닥여주었다.

"할머니, 어떻게 왔어?"

희수는 푸석푸석한 얼굴로 매무새를 가다듬으며 신발을 신었다.

"담임 선생님이 네가 몸이 안 좋은 것 같다고 연락을 주셨지."

"학생 몸이 점점 불덩이가 되어서 제가 선생님께 말씀드렸어요."

보건 선생님이 흐릿하게 웃으며, 희수의 교복 윗도리가 든 종이 가방을 내밀었다.

"감사합니다. 이 체육복은 깨끗이 빨아서 애 편에 보내겠습니다."

할머니가 허리를 숙여 인사하자 희수도 고개를 푹 숙였다.

보건실에서 나온 희수는 교실에 들러 주섬주섬 가방을 챙겼다.

"야! 괜찮냐?"

웬일로 송명원이 물었다.

희수가 말없이 고개를 돌렸다.

점심시간이라 아이들은 제각각 부산했다. 희수는 조용히 교실을 빠져나왔다. 몸이 으슬으슬 떨렸다. 희수는 몸을 웅크리며 할머니 팔짱을 끼고 걸었다.

교문 끝 쪽에 택시가 기다리고 있었다. 할머니는 희수를 택시에 태우고는 병원으로 갔다.

의사가 희수 귀에 체온계를 넣고 열을 쟀다. 입을 벌리라고 한 다음 목젖을 들여다보고, 여기저기 청진기를 꾹꾹 눌러댔다.

"으흠, 체기가 있네. 할머니, 학생이 몸살이에요. 기력도 많이 떨어졌고, 면역력이 약한 상태입니다. 영양제 하나 맞으면 좋겠는데요?"

의사가 할머니를 바라보며 말했다.

"그렇다면 맞아야지요."

할머니가 고개를 끄덕였다.

"희수 학생, 밥 세 끼 잘 먹으면서 몸 관리 잘해야지. 어린 친구가 할머니 앞에서 링거나 맞고 말이야."

눈매가 서글서글한 의사가 농을 섞으며 말했다. 희수가 쓴웃음을 지으며 할머니를 쳐다보자, 할머니가 고개를 끄덕였다.

"어르신, 너무 염려 마세요. 금방 좋아질 겁니다. 요즘 학생들 공부 스트레스가 이만저만 아니에요. 학생들이 영양제 맞으러 제 발로 찾아오기도 하지요."

의사가 할머니를 보며 빙그레 웃었다.

희수는 팔에 링거를 꽂자마자, 두 팔을 축 늘어뜨리고 잠에 빠졌다. 얼마나 깊이 잠들었는지, 자꾸 수렁으로 빨려 들어가는 느낌이었다. 발버둥을 칠수록 기력과 기운이 빠지면서 몸뚱이는 심연 속으로 잠겨만 갔다.

"얘가 무슨 잠을 이렇게 깊이 자누. 벌써 두어 시간이 지났는데."

할머니가 말했다. 간호사가 희수 팔에서 주삿바늘을 빼고 링거 줄을 정리하면서 대꾸했다.

"손녀분이 많이 지쳤나 봐요"

간호사는 희수를 가여운 눈길로 보았다. 할머니에게 눈인사를 하고 나서 자리를 떴다.

"희수야, 눈 좀 떠라. 다 끝났어."

희수가 부스스한 얼굴로 눈을 떴다.

"정신이 들어?"

할머니가 희수의 머리를 쓸어주었다.

병원에서 나온 희수는 할머니를 따라 디저트 카페에 들어갔다. 감미로운 음악이 흐르는 카페는 한산했다. 중앙에 다양한 디저트가 알록달록 화려하게 플레이팅되어 있었다. 희수 눈이 초롱초롱 빛나며 얼굴에 환한 미소가 일렁였다.

"나는 플랫 화이트."

할머니가 커다란 통유리 창가에 앉으며 카드를 내밀었다.

"할머니, 나 파니니 먹어도 돼?"

"그거 먹으면 저녁은 어쩌려고."

"난 지금 당긴단 말예요오."

희수가 애교를 떨면서 코맹맹이 소리를 냈다.

"그러면 아예 머쉬룸수프도 하나 시켜. 너 그거 좋아하잖아."

"수프는 됐어, 콥샐러드랑 자몽에이드 오케이?"

희수가 콧등을 찡긋거리며 만족스럽다는 듯 웃었다.

"우리 희수, 살아난 것 같아 좋다."

할머니가 미소를 지으며 끄덕였다.

진동벨이 울리자 희수가 가서 쟁반을 들고 왔다. 바질 페스토 파니니를 반으로 잘라 플랫 화이트 커피와 함께 할머니 앞에 놓았다.

"할머니, 우리 맛있게 먹어요."

희수는 콥샐러드에 랜치 드레싱을 살살 부으며 활짝 웃었다.

"이거 늘어나는 것 좀 봐. 내가 치즈 많이 넣어달라고 했거든. 으흠 맛있어."

희수가 파니니를 입에 물고 치즈를 손으로 잡아당겼다. 밝은 희수 목소리가 여름 햇살처럼 쨍했다.

할머니는 희수가 호들갑 떠는 모습을 지긋이 바라보았다.

"희수야, 학교에서 무슨 일 있었지?"

할머니가 냅킨으로 희수 입에 묻은 소스를 닦아주며 물었다.

"아니."

희수는 눈을 동그랗게 뜨고 깜박깜박했다. 에이드를 쪽쪽 들이켜면서 시선을 돌렸다. 할머니의 촉은 귀신 같았다. 희수가 시치미를 뚝 뗐지만, 아마 할머니는 눈치를 챘을 것이다. 하지만 괜찮은 척하리라 마음먹었다. 애들이 괴롭힌다고, 샤네르가 너무 싫다고 말한들 할머니가 뭘 어떻게 해줄 수 있을까. 지금까지도 아무것도 못해줬는데. 아까 맞은 영양제 덕분일까. 아니면 이렇게 자신을 챙겨주는 할머니 때문일까. 희수는 까짓것 버티어 보리라, 다짐했다.

'엄마 때문에 박인 굳은살이 떨어지고 어쩜 새살이 돋을지도 모르지.'

무슨 자신감인지, 그런 생각도 들었다.

"할미한텐 다 말해도 돼, 이것아."

할머니가 다시 한 번 닦달했다.

"아, 그럼 정말 말한다? 나 학원 안 다니면 안 돼?"

희수는 왠지 속마음을 들킬 것 같아 창밖으로 눈을 돌렸다.

"화, 목만 가는데 뭐가 힘들어."

"나는 인강이 더 맞아요."

희수는 샐러드 접시를 깨끗이 비우며 헤벌쭉 웃었다.

"그래, 너 하고 싶은 대로 해."

할머니가 안타까운 눈으로 희수를 보았다.

그런 할머니를 희수도 물끄러미 보았다. 할머니가 그새 많이 늙은 것 같았다. 볼이 움푹 파이고, 눈이 퀭했다. 눈두덩의 주름은 더욱 늘어졌고, 피부도 푸석푸석했다. 유난히 어깨까지 구부정한 할머니가 오늘따라 무척 초라해 보였다. 희수는 할머니가 자기 때문에 불행해지는 게 싫었다. 어떻게든 견뎌내리라 마음먹었다.

06
숏컷트 그리고 One

집에 도착한 희수는 대문을 열었다. 할머니는 볼일이 있어서 다른 데 들렀다 온다고 했다.

"바람이 불어오는 곳 그곳으로 가네."

마당에서는 김광석의 노래가 잔잔하게 울려 퍼졌다. 평상에 엄마가 쭈그리고 앉아 있었다. 수북이 쌓인 보물을 만지작거리며 흥얼흥얼 노래를 따라 불렀다. 보물은 물론 엄마가 길에서 주워 온 것들이다. 알 빠진 선글라스, 리모컨, 강아지 옷, 크고 작은 인형들, 장난감 목걸이, 손풍기, 망가진 스탠드, 그림책도 여러 권 있었다. 엄마는 이것들을 소중히 아낀다.

"엄마!"

"희수야아아!"

평상에서 풀쩍 뛰어내린 엄마가 희수를 향해 달려왔다. 엄마는 늘 이런다. 희수를 보면 몇십 년 만에 만난 사람처럼 팔짝팔짝 뛰며 좋아 죽는다. 그러면 희수 마음도 어쩔 수 없이 누그러졌다.

"신발은 신어야지, 엄마."

희수는 평상에 걸터앉은 엄마의 발을 툭툭 털며 신발을 신겨 주었다.

"나는 희수가 좋아아."

엄마가 두 발을 흔들거리며 환하게 웃었다.

희수는 엄마를 물끄러미 쳐다봤다. 부숭부숭한 피부, 항상 반쯤 열려 있는 입술, 비죽비죽 제멋대로 자란 머리카락은 잡초 같았다.

"머리를 묶으라니까."

희수는 가방에서 고무 밴드를 꺼내어 엄마 머리를 질끈 묶어 주었다. 축 늘어진 스웨터도 바로 잡아주었다. 거칠거칠한 엄마 입술에는 립밤을 듬뿍 발라주었다.

"됐다!"

"됐다아!"

엄마가 따라 하며 희수를 끌어안았다. 엄마 몸에서 시큼털털하고 비릿한 냄새가 났다. 문득 입을 비틀며 웃던 샤네르가 떠올랐다. 희수는 심장이 벌렁벌렁했다. 저도 모르게 엄마를 확 밀쳤다.

엄마 몸이 휘청했다. 엄마는 많이 놀랐는지 동그란 눈을 더 크게 떴다.

"왜 그래애? 사이좋아야지."

엄마가 두 팔로 희수 허리를 감싸안았다. 어찌나 꽉 끌어안는지 희수는 숨이 막혔다.

"아, 맞다! 내가 커피 주까?"

엄마가 희수 허리에 감았던 팔을 금세 풀면서 웃었다.

"웬 커피? 커피가 있다고?"

희수의 물음에 엄마는 하얀색 텀블러를 입으로 쪽쪽 빨며 커피 마시는 흉내를 냈다.

"난 또 뭐라고. 그것도 주워 왔어?"

희수의 인상이 저절로 찌푸려졌다.

"더럽잖아."

희수는 텀블러를 홱 낚아챘다.

엄마는 눈을 동그랗게 뜨고 텀블러를 빼앗으려고 했다.

"봐! 이런 데 입을 대면 입 찢어져. 피 난단 말이야."

희수는 귀퉁이가 깨진 텀블러를 쓰레기통에 던졌다. 엄마가 발을 구르며 희수를 쏘아보았다.

"내가 예쁜 걸로 사줄게, 엄마."

희수가 헝클어진 엄마 머리카락을 매만지며 부드럽게 말했다. 그러자 엄마는 "정말이지이?" 하며 언제 쏘아봤냐는 듯 금세 히죽 웃었다. 그리고는 평상에 있는 블루투스 스피커를 귀에 갖다 대고는 노래를 따라 부르기 시작했다.

"근데, 엄마. 대문이 열려 있던데 할머니가 아시면 기겁하셔."

"으음, 원이 그랬나?"

엄마가 희수를 쳐다보며 고개를 갸우뚱했다.

"원이 누구야?"

"내가 좋아하는 친~~ 구."

"엄마, 남친 생겼어?"

"아냐, 아니야."

엄마가 두 손으로 입을 가리고 웃으며, 고개를 저었다.

할머니는 문단속을 철저히 했다. 모르는 사람이 집에 오는 걸 꺼리고 경계했다.

"원이는 내가 좋아하는 친구, 내가 좋아하는 친구."

엄마가 노래하듯 중얼거리며 집 안으로 들어갔다.

희수는 평상에 풀썩 앉았다. 가끔은 이렇게 우두커니 앉아서 길 건너 동네의 맞은편 집을 멍하니 쳐다보곤 했다.

이 동네는 희한하다. 큰길 하나를 사이에 두고, 길 건너 맞은편 동네는 궁전같이 으리으리한 집들이 줄지어 있다. 희수가 사는 이쪽 북송마을은 고만고만한 집들이 게딱지처럼 붙어 있다. 맞은편과 비교해 초라하고 구질구질했다.

그중 희수네 집은 하늘과 맞닿을 정도로 높은 언덕 꼭대기에 있다. 평상에 앉으면 일부러 숨어서 보지 않아도, 길 건너편 웅장한 집이 그대로 내려다보였다.

그 집 넓은 정원에서는 가끔 파티나 음악회가 열렸다. 정원 한쪽에서 바비큐가 구워지고, 기다란 테이블엔 조각 케이크와 과

일, 음료수, 와인이 차려졌다. 몇몇 사람들이 드레스나 턱시도를 입고 앉아서 플루트나 바이올린, 첼로를 켰다.

그런 날은 희수의 눈길이 저절로 그 집을 향했다. 사람들의 박수 소리, 와하하 웃음소리는 눈과 마음과 온정신까지 사로잡았다.

주인공인 듯한 은빛 머리의 할머니는 자줏빛 드레스 차림이었다. 우아하게 잔디를 거닐며, 손님들과 인사하거나 와인 잔을 부딪쳤다. 주인 같아 보였다.

'얼마나 행복할까?'

희수는 덩달아 흥분했다가도 자신과 비교하며 한없이 우울하고 슬픈 기분이 들곤 했다. 그럴 땐 저 집이 짙은 안개에 싸여 통째로 날아가 버렸으면 좋겠다고 생각했다.

그러다 가끔 정원에 나타나는 숏컷트 머리한 여자가 궁금할 때도 있었다. 은빛 머리 할머니의 손녀쯤으로 보였는데, 파티 때마다 잠깐 나왔다가 사라졌다. 파티가 없는 날엔 정원에 나와 기지개를 켜거나 줄넘기를 넘기도 했다.

'뭐 하는 아가씨일까? 아니, 언니일까.'

희수는 곧잘 상상 속으로 빠져들었다.

그 집의 아가씨는 거실의 푹신한 소파에 앉아 있었다. 크리스털 꽃병에 담긴 화려한 꽃을 바라보며, 모차르트의 교향곡을 감상하는 중이다.

"아가씨, 식사 준비 다 됐습니다."

레이스가 달린 흰색 메이드복을 입은 여자가 무릎을 살포시 굽혔다 폈다.

"메뉴는?"

"스테이크를 드시고 싶다고 하셔서 안심으로 준비했습니다."

"오 그래?"

아가씨는 천천히 일어나 다이닝룸으로 갔다. 식탁 맞은편엔 은빛 머리 할머니가 앉아 있었다.

"우리 어여쁜 손녀에게 얼른 멋진 왕자님이 나타났으면 좋겠구나. 치얼스!"

할머니와 아가씨는 레드 와인을 짠! 부딪히며 식사를 시작했다.

아가씨는 나이프로 안심스테이크를 잘게 썰어서 포크로 집어 오물거리며 먹었다. 무릎에 놓인 하얀 냅킨으로 입가를 닦고 나서, 할머니와 이런저런 대화를 나누었다.

"한 잔 더 할까?"

은빛 머리 할머니와 숏컷트 아가씨는 활짝 웃으며 와인 잔을 다시 들었다.

"건강하세요, 할머니!"

희수는 마치 궁전에 사는 아가씨가 된 것처럼 살포시 눈을 감았다. 입가에 미소를 띤 채 한 손을 높이 치켜들었다. 할머니의 와인 잔과 건배!

"쨍그랑. 와장창!"

희수는 상상 속 와인 잔이 깨진 줄 알고 소스라치게 놀랐다.

"어머!"

사태를 파악하고는 자리에서 벌떡 일어났다. 바로 희수가 바라보고 있던 아가씨 집에서 난 소리였다. 희수는 두 눈을 크게 뜨고 맞은편 집을 지켜보았다.

"으악!"

숏컷트 아가씨가 정원으로 뛰쳐나오며 미친 듯이 소리를 질렀다.

"대체 무슨 일이길래?"

희수는 마당의 담벼락 앞에 찰싹 붙어서 건넛집을 살폈다.

꽃무늬 원피스 입은 은빛 머리 할머니가 식식거리며 정원으로 달려 나왔다. 그러고는 아가씨의 목덜미를 난데없이 후려쳤다. 아가씨의 짧은 머리를 쥐어뜯으려는 기세로 마구 흔들었다. 그때 어떤 남자가 달려오더니 아가씨 머리채를 잡은 할머니 손을 뜯어 말렸다. 아가씨가 몸을 휘청하더니 잔디 위를 구르며 발악했다.

"오우, 저게 뭐야!"

희수는 눈앞의 상황에 충격을 받은 듯 멍하니 서 있었다.

메이드복 차림의 여자가 나오더니, 남자를 도와 할머니를 부축했다. 할머니는 질질 끌려가듯 집 안으로 들어갔다. 아가씨가 한동안 정원에서 쭈그리고 앉아 있었다. 어깨가 들썩들썩하는 걸로 봐서는 우는 것 같았다.

'은빛 머리 할머니 정말 너무한 거 아냐!'

희수는 아가씨를 보며 안타까워했다.

그때 아가씨가 자리에서 벌떡 일어났다. 그러고는 대문 밖으로 도망치듯 뛰쳐나갔다.

'저 아가씬 어딜 가는 거지?'

희수가 아가씨의 행방을 궁금해하는 찰나였다.

"희수야!"

할머니가 대문 안으로 들어서며 희수를 불렀다.

희수는 맞은편 집을 내려다보던 시선을 거두고 할머니를 보았다.

"뭐 해? 또 아랫동네 부잣집 사람들 구경했어?"

할머니가 희수 이마에 흘러내린 머리카락을 쓸어 넘겼다.

"어, 방금 저 집에서 싸움이 벌어졌어. 할머니, 부자들 싸움 엄청 살벌하던데?"

희수가 몸서리치며 말했다.

"부자들이나 우리 같은 사람들이나 사는 게 다 똑같지 뭐."

할머니가 아무것도 아니라는 듯 빙긋 웃었다.

"희수, 배 안 고파?"

"아까 파니니 먹었잖아. 할머니는 뭐 맨날 배고파? 뭐 먹을래? 아무래도 내가 돼지가 되겠어."

희수가 입을 삐죽 내밀며 말했다.

"우리 희수 입에 밥 들어갈 때 할머니도 기분 좋으니까 그렇지."

할머니가 희수 뺨을 어루만지자, 희수는 해해거리며 할머니 팔짱을 끼고 집에 들어갔다.

그날 저녁, 희수는 책을 들고 자리에 누웠다. 하지만 책이 눈에 들어오지 않았다.

'오늘 진짜 많은 일이 있었네.'

희수는 교실에서 일어났던 일, 보건실에 누워 있던 일, 할머니와의 짧은 데이트, 아까 집에서 봤던 맞은편 부잣집에서 벌어졌던 일들을 떠올렸다. 무엇 하나 가볍고 쉬운 일이 없었다.

'그나저나 그 아가씨는 지금쯤 집에 들어갔을까?'

집을 뛰쳐나간 아가씨가 걱정됐다. 사실, 그 아가씨는 뭐하나 부족한 게 없어 보였다. 넓은 집, 세련돼 보이는 할머니와 엄마, 어떤 기업 대표쯤 될 것 같은 아빠 같은 남자, 집 안에서 가사를 대신해주는 메이드복 차림의 고용인들.

'행복만 누리면 될 것 같은 아가씨가…… 무슨 큰 잘못을 했길래, 할머니가 미친 듯이 덤벼들었을까.'

희수는 자신에게 한없이 사랑을 베푸는 할머니를 생각해 보았다. 아까 악다구니를 쓰던 은빛 머리 할머니와는 전혀 달랐다.

'우리 할머니의 삶이야말로 정말 고단한데. 일찍 병들어 세상을 떠난 남편에 하나밖에 없는 딸은 사고로 지적 장애인이 됐어.

순했던 손녀딸은 이렇게 사춘기가 와서 투정이나 부리고……. 그런데도 할머니는 묵묵히 감내하며 이 모든 걸 받아들이고 이해하려고 하잖아. 이러한 할머니의 삶은 얼마나 퍽퍽할까.'

희수는 그러한 할머니를 생각하자, 마음이 뜨거워졌다. 자리에서 벌떡 일어났다. 거실로 나가자, 할머니가 텔레비전을 보고 있었다.

"할머니."

희수가 애교를 부리며 할머니를 향해 두 팔을 뻗었다.

"왜요? 왜 그렇게 보드라운 목소리를 내십니까?"

할머니가 희수를 안더니 등을 토닥토닥했다.

"할머니, 있잖아? 부자들도 괴롭거나 슬픈 일이 있겠지?"

"왜, 세상에서 희수만 제일 속상하고, 슬픈 것 같아?"

할머니가 희수를 지그시 바라보며 물었다.

희수는 아무 말도 못 했다. 할머니는 사람 마음을 꿰고 있다. 그래서 어떨 땐 부끄럽고, 어떨 땐 알아줘서 안심된다.

'할머니 말이 맞아. 내가 제일 속상하고 세상에서 제일 슬픈 줄 알았어.'

희수가 곰곰 생각하는데, 할머니가 다시 물었다.

"네 짝이 엄청난 부잣집 딸이라며? 현석 엄마한테 들었다. 걔가 널 괴롭힌다고."

희수는 무슨 소리냐는 듯 정색했다.

"아니야, 할머니. 걔가 나를 왜 괴롭혀. 나는 그냥 걔랑 안 맞을 뿐이야."

"그래? 괴롭히지 않는다면 다행이다만. 근데 희수야, 그렇게 단언할 순 없단다. 누구든 맞고 안 맞고는 모르는 거야."

할머니가 희수의 볼을 만지며 말했다.

"단언할 수 있어, 할머니. 그 애랑 나는 절대로 안 맞아. 안 맞는다고! 이제 졸업만 하면 나랑 0.0001%도 볼일도 마주칠 일도 없는 애야."

희수는 샤네르를 떠올리다가 이내 지워버렸다.

그때 엄마가 거실로 나왔다. 그러고는 할머니에게 뭔가 이르듯 말했다.

"원이가 뾰족한 걸로…… 까만 자동차 막 긁었어어."

"엄마, 원이가 누군데 자꾸 얘기하는 거야?"

"책에 나오나 보네."

할머니가 엄마를 향해 팔을 벌리며 말했다.

"어머니, 책 아니고, 원이는 진짜 사람입니다. 키도 이렇게 큽니다아."

엄마가 할머니 품에 안긴 채로 팔을 휘적거렸다.

"미영아, 원이가 누군데?"

할머니가 엄마를 보며 나직이 물었다. 얼굴에 설핏 어둠이 스쳤다.

엄마는 몸을 배배 꼬며 수줍은 듯 웃었다.

"원이는 친구입니다. 노래도 잘 부르고, 그림도 잘 그립니다아."

엄마가 웃으며 콧구멍을 발름거렸다.

"할머니, 엄마가 처음으로 친구를 사귀어서 좋은가 봐. 아, 할머니! 근데, 그 원이라는 사람이 우리 집에도 왔던 거 같던데?"

희수는 걱정스러운 눈으로 할머니를 쳐다봤다.

"남자래?"

"아니라던데? 나는 잘 모르지."

희수는 외국 사람처럼 양손을 펼치며 어깨를 으쓱했다.

"미영아, 낯선 사람한테 함부로 문 열어주면 안 된다고 했지!"

할머니가 목소리를 높였다.

"원이는 나, 윤미영이 친구입니다. 친구는 사이좋아야 합니다아!"

엄마는 손톱 끝을 잘근잘근 물어뜯으며 말했다.

"누구든, 엄마가 모르는 사람은 절대로 안 돼!"

할머니가 갑자기 방바닥을 탕탕 내리치며 호통쳤다

"할머니, 왜 그래. 엄마한테 무섭게 하지 마."

희수는 눈물을 글썽이며 할머니에게 말했다.

"진짜 친구일 수도 있잖아요."

"네 엄마에게 친구가 어디 있니?"

할머니가 허청허청 일어나더니, 주방으로 가서 물을 마셨다.

"맞다! 원이가 윤미영의 얼굴 그림 그려 줬습니다아."

엄마는 방 안에 들어가서 스케치북을 들고 나왔다.

"집어치우라니까!"

할머니가 스케치북을 낚아챘다. 현관문을 열고는 마당으로 휙 집어던졌다.

"원이는 친구입니다. 내가 좋아하는 사람입니다아."

엄마가 결국 눈물을 터뜨리면서 방 안으로 들어갔다.

희수는 엄마를 따라 방에 들어갔다. 그러고는 엄마를 힘껏 안아주었다. 나뭇가지처럼 앙상한 엄마 등이 들썩거렸다. 엄마는 아픈 사람처럼 신음까지 내며 한참 울었다. 차츰 울음소리가 잦더니 잠잠해졌다.

희수는 할머니가 화내는 이유를 이해했다. 동시에 엄마의 말을 왜 제대로 들어주지 않는지, 이해할 수 없었다.

"미안하구나. 한 번씩 그때가 생각나면 감정을 주체하지 못하겠다."

할머니가 방문을 열고 말했다. 엄마에게 미안하다는 건지, 희수에게 미안하다는 건지 모르겠다. 아마 둘 다가 아니었을까.

희수는 엄마 곁에 누워서 이불을 뒤집어썼다. 엄마도 할머니도 가여워서 눈물이 났다.

"학교 다녀오겠습니다!"

다음 날, 희수는 현관문을 열고 밖으로 나왔다. 마당 한가운데 엄마의 스케치북이 널브러져 있었다. 희수는 스케치북을 집어 들었다. 밤새 이슬이 맺혀 눅눅했다.

희수는 혹시라도 할머니가 볼까 봐, 마당 구석진 곳으로 가서 웅크리고 앉았다. 스케치북을 한 장 넘겨 보았다. 집 하나가 그려져 있었고, '우리 집'이라고 비뚤비뚤 쓰여 있었다. 그다음 장에는 괴상망측한 사람 그림 밑에 '이쁜 딸'이라 쓰여 있었다. '이쁜 딸' 희수를 가리키는 것 같았다. 희수는 큭 웃었다. 몇 장 더 넘겼다. 희수의 눈이 동그랗게 커졌다.

푸슬푸슬한 머리카락, 깊숙이 파인 눈, 광대뼈가 볼록 튀어나온 뺨, 함박 웃음꽃이 핀 얼굴. 한눈에 봐도 엄마였다. 그림 밑에 'One' 작은 글씨가 쓰여 있었다.

'원? 엄마가 말하는 원이란 친구?'

희수는 불안한 마음이 들었다.

며칠 후, 희수는 엄마와 함께 미용실에 가서 머리를 다듬었다. 오는 길에 떡집에 들러 꿀떡 한 팩을 사서 마을버스를 탔다. 버스는 언덕배기 구불구불한 골목길을 다니며 수시로 멈춰 섰다.

집에 거의 도착할 즈음, 희수가 내릴 준비를 하던 참이었다.

"원, 원이다! 원아! 내 친구 원아아."

엄마가 느닷없이 버스 유리창을 두드리며 소리를 질렀다. 희수는 얼굴이 화끈 달아올랐다. 주위 사람을 둘러보며 엄마 입을 틀어막았다. 엄마는 아랑곳하지 않고 고개를 젖히며 원을 불렀다.

희수는 너무 창피하고 부끄러워 눈물이 터지려는 걸 겨우겨우 눌러 참았다.

"내려! 내려요오."

엄마가 자리에서 일어나 허둥거리며 소리쳤다.

"아저씨, 죄송합니다."

버스가 서자마자 희수는 기사 아저씨에게 인사하고는 서둘러 엄마를 따라 내렸다. 엄마는 벌써 어디로 갔는지 보이지 않았다. 희수는 버스 반대 방향으로 눈길을 돌렸다.

"원아! 내 친구, 원아!"

엄마는 언덕 아래쪽에서 야구 모자를 쓴 키 큰 사람을 끌어안고 팔짝거렸다.

"대체 왜 저래."

희수는 창피했다.

엄마는 원이라는 사람과 다정하게 손까지 잡았다. 당장 가서 엄마를 잡아끌고 와야 하나, 말아야 하나. 원이라는 사람한테 아는 척 인사해야 하나, 말아야 하나. 희수는 머리가 아팠다.

그때, 원이라는 사람은 엄마에게 가볍게 인사하는가 싶더니 마을버스에 훌쩍 올라탔다.

"뭐야!"

희수의 눈길이 원이라는 사람을 좇았다.

'어, 여자 같은데?'

희수는 버스 꽁무니를 바라보며 고개를 갸웃했다.

'어디서 본 사람인데?'

"원아, 잘 가!"

엄마는 버스를 향해 연신 손을 흔들었다. 울 것 같은 표정이었다.

"엄마, 원이라는 사람이 여자였어?"

희수는 엄마 어깨에 팔을 얹으며 물었다.

"그! 래!"

엄마가 뚱한 표정으로 손톱 끝을 깨물었다.

"그 사람 어디 사는지 알아?"

"몰라아!"

엄마는 뾰로통한 얼굴을 하더니, 발끝으로 땅을 툭툭 쳤다.

'설마… 맞은편 궁전의 숏컷트 아가씨?'

생각이 거기에 다다르자, 희수는 피식 웃었다. 상상이 너무 지나쳤다. 그쪽 사람과 엄마가 알 리가 없지 않은가.

"엄마, 얼른 집에 가서 꿀떡 먹자."

희수가 떡 봉지를 들어 올리며 엄마 손을 잡아끌었다.

"꿀떡? 꿀떡은 달아서 맛이 좋지이."

엄마는 그새 기분이 좋아졌는지 목소리가 야들야들했다.

⑦ 목련과 라일락의 운명

후박나무와 주목, 푸르른 소나무가 의젓하게 자리한 정원은 웅장해 보였다.

하늘하늘 바람결에 향긋하고 달콤한 향이 시원의 코끝을 간질였다. 라일락이었다.

라일락은 해마다 5월, 보랏빛 꽃을 한껏 피우며 온몸을 불사르듯 진한 향을 내뿜었다. 마치 한 번만이라도 좋으니, 쳐다봐 달라고 애원하는 것 같았다. 시원은 천천히 정원 후미진 곳으로 발길을 옮겼다. 그러고는 라일락을 바라보았다.

라일락은 시원이 태어난 기념으로 할머니가 심어준 나무였다. 첫 손녀가 태어나자, 할머니는 직접 나무 시장에 가서 나무를 골랐다. 정원의 중심에 라일락을 심고, 시원의 이름과 태어난 날짜가 새겨진 금동 명찰을 가지에 걸어주었다.

할머니는 시원을 귀여워하고 사랑했다. 시원이 아장아장 걸을 무렵이었다.

"요 예쁜 것, 시원아, 동생은 언제 볼 거냐? 이번엔 잘생긴 고추 하나 봐야지."

할머니는 시원에게 간지럼을 태우며 성화였다.

시원이 네 살 되던 해, 동생이 태어났다. 할머니가 그토록 기다리던 사내아이였다. 할머니는 집안에 4대 독자가 태어났다며 눈물을 흘렸다. 그러더니 곧장 유명하다는 작명소에 찾아갔다. 승리할 승(勝), 권세 권(權). '승리해서 권세를 누려라!'라는 뜻의 승권이라는 이름을 받아 왔다.

승권이 태어난 기념으로 할머니는 목련 나무를 사왔다. 그러고는 풍수지리를 잘 본다는 수염이 허연 도사를 초청했다. 도사는 진지한 얼굴로 한참 동안 정원 곳곳을 샅샅이 훑었다. 그러고 나서 할머니에게 음양이 어떻고, 오행이 어떻고, 수맥, 지관, 명당 어려운 말을 섞어가며 의견을 말했다.

"그러니까 이 라일락을 뽑아버리고, 그 자리에 목련을 심으면 된다, 이거 아니오? 오케이! 알았으니 여러 말 하지 말고 빨리 움직입시다."

할머니는 고개를 끄덕였다. 홍 씨를 즉시 불러 도사가 말한 대로 지시했다.

홍 씨는 고개를 갸웃갸웃하면서 한참을 머뭇거렸다.

"서두르라니까, 뭘 망설여!"

"큰 사모님, 그렇게 되면 정원의 균형과 조화가…… 망가지는

데요."

홍 씨가 할머니 눈치를 살피며 조심스레 말했다.

"홍 씨가 우리 집 정원사로 오래도록 일하면서 정원을 훌륭하게 가꾼 거 아녜. 나도 늘 홍 씨 뜻을 따랐지. 하지만 조화 같은 건 나중에 생각하고, 일단 이 나무부터 뽑아버리게."

할머니가 도사를 흘깃 쳐다보고는 홍 씨에게 살살 달래듯 말했다.

"큰 사모님……."

홍 씨가 두 손을 앞으로 모으며 고개를 숙였다. 홍 씨 허리가 더욱 구부정하고 머리카락은 허예 보였다.

"이 사람이 왜 이렇게 말귀를 못 알아들어. 얼른 뽑으니까!"

할머니가 얼굴을 붉히며 소리쳤다.

"이게 여기 있으면 저 계집아이 기운이 성해서 우리 장손 불알 떨어진다잖아!"

할머니는 손바닥으로 홍 씨 가슴을 툭툭 밀치며 성을 냈다.

홍 씨는 한숨을 크게 내쉬며 아무 말 없이 목장갑을 꼈다. 인부들에게 눈짓하자, 그들은 곡괭이와 삽을 들었다.

하루아침에 라일락은 허연 속살 같은 뿌리를 내보이며 처참하게 마당에 나뒹굴었다.

"할머니, 내 나무 왜 이래? 죽은 거야?"

어린 시원이 정원에 나자빠져 있는 라일락을 보며 발을 동동 굴렀다. 할머니는 아무런 대꾸도 하지 않고 홍 씨가 심어 놓은 목련 나무를 흐뭇하게 바라봤다.

목련 나무가 우람한 나무들 중심에 우뚝 서 의젓하고 당당하게 자리 잡는 동안, 라일락은 한동안 방치됐다가 도사가 마지못해 정해준 담벼락 후미진 곳에 겨우 자리 잡았다. 어린 시원은 팽개쳐진 금동 명찰을 주워서 다시 달아달라고 홍 씨에게 건넸다.

며칠 뒤, 할머니는 4대 독자 이승권의 안녕을 위해 기원하고 축수했다. 목련 나무에 북어포와 실타래를 걸어 놓았다. 작은 소반에는 시루떡과 과일, 깨끗한 물 한 사발을 올려놓고 촛불을 밝혔다. 아빠, 엄마는 할머니가 시키는 대로 승권의 무병장수를 위해 마음을 다해 기도드렸다.

어스름한 저녁이 되자, 할머니는 친지들을 초대해 음악회를 열었다. 첼로, 플루트, 바이올린 연주자들이 목련 나무 아래에 둘러앉아서 연주했다. 곱고 아름다운 선율이 정원에 잔잔하게 울려 퍼졌다.

청록색 드레스 차림의 할머니는 우아하게 잔디를 거닐었다. 사람들과 와인 잔을 부딪치며 인사를 나누었다. 다들 이 집안 장손의 탄생과 앞날을 위해 잔을 높이 들고 건배했다.

시원은 엄마 품에 안겨서 젖을 빠는 승권을 보았다. 오물거리는 입이 무척 귀여웠다. 발그스름한 승권의 볼을 콕 찔러보았다. 엄마가 살포시 웃었다.

승권은 무척 순둥순둥했다. 잠도 잘 자고, 낯가림이 없어 누구를 봐도 해죽해죽 웃었다. 식성도 좋아서 주는 것마다 잘 받아먹다 보니 살이 오동통 오르며, 하루가 다르게 튼실하게 자랐다.

승권은 할머니의 활력소이자 삶의 존재 이유였다. 아빠, 엄마의 눈길도 항상 승권에게 가 있었다. 누구나 승권을 보면 입꼬리가 올라갔다. 온 가족이 행복했다.

승권이 무럭무럭 클수록 시원은 점점 이상해졌다. 바지에 오줌을 싸기도 했고, 크레용이나 사인펜으로 벽에 낙서도 했다. 연필로 가죽 소파를 콕콕 찍어 구멍을 내거나 문을 쿵 소리 나게 닫는 바람에 어린 승권이 놀라 울음을 터뜨리기도 했다.

"무슨 계집애가 이렇게 조심성이 없니."

할머니는 시원에게 눈을 흘기며 머리를 콕 쥐어박았다.

승권은 첫걸음을 떼고, 기저귀를 떼면서 하루가 다르게 부쩍부쩍 컸다. 가족 모두의 사랑을 독차지하다 보니, 가끔은 시원에게 버릇없이 굴 때도 있었다. 할머니가 시원에게 눈을 흘기면 승권도 시원을 째려보고, 시원을 야단치면 승권은 '떼찌, 떼찌!' 하며 시원에게 주먹을 날렸다.

시원은 점점 승권이 얄미웠다. 날이 갈수록 식욕을 잃었다. 먹으면 뱉고, 또 삼키면 토하고. 음식물을 세차게 거부했다. 시원은 수분 빠진 말랭이 과일처럼 바짝바짝 말라갔다. 그러다 보니 쟁쟁거리는 짜증이 날로 심해지면서 성격도 날카로워졌다. 시원은 떼쟁이, 울보가 되었다. 할머니가 차가운 눈빛을 보내며 '밉살스러운 계집애'라고 했다. 그러면서 더욱 표 나게 승권을 편애했다.

"엄마, 승권이 갖다버려!"

"동생한테 그러면 안 되지."

엄마가 시원의 이마를 쓸어주며 다정하게 말했다.

"승권이, 미워. 죽어!"

시원이 발버둥을 치며 소리소리 질렀다.

"이것이 어디서 버릇없게 구는 거야!"

할머니가 시원의 머리를 한 대 쥐어박았다.

"어머니 제발 좀……."

엄마가 시원을 번쩍 안았다.

"할머니, 싫어!"

시원은 폭풍 눈물을 쏟았다.

"승권 에미야, 저것 버르장머리를 고쳐놔야지, 그렇게 오냐오냐하면 되겠니?"

할머니가 엄마에게 역정을 냈다. 엄마는 시원을 잡아끌고 방으로 가서, 부둥켜안고 흐느껴 울었다.

라일락 나뭇가지가 손에 닿지 않을 만큼 자라는 동안 시원도 훌쩍 컸다. 입술에 붉은색 틴트를 바르는 나이가 되었다.

하늘이 뿌예지면서 바람이 거칠게 불었다. 몇 해가 지나고 다시 돌아온 5월, 짙은 라일락 향기는 여전했다. 시원은 코끝에 감도는 향을 맡으며 하늘을 올려다보았다.

잿빛 구름이 낮게 깔리면서 어두워지기 시작했다. 금세 추적추적 빗방울이 떨어졌다.

"비 오는데 뭐 하고 있어?"

상주댁이었다. 상주댁은 시원에게 우산을 씌우더니 팔짱을 끼고 안으로 데리고 들어왔다.

"아줌마, 내가 정말 승권이 죽길 바란 건 아니었을까?"

시원이 울먹이는 목소리로 상주댁에게 물었다.

"아휴, 또 시작이네. 약 안 먹었지? 거르지 말고 꼬박꼬박 먹으라고 했잖아."

상주댁이 혀를 끌끌 찼다.

시원이 태어나기 십수 년부터 할머니 집에서 함께 지낸 상주댁은 한가족이나 마찬가지였다. 원래는 유명한 한정식집에서 일하던 사람이었다고 했다. 한식, 중식, 일식 조리사 자격증을 다 갖추었고, 행동과 눈치가 빨라서 할머니에게 톡톡히 인정받았다.

아랫사람이 들어오면 영리하게 다룰 줄 알았고, 집사와 운전기사, 정원사 홍 씨에게 맛난 음식을 몰래 숨겼다 주기도 했다. 그만큼 싹싹하고 정이 있었다.

까탈스러운 할머니 눈 밖에 나지 않고, 수십 년 함께하는 가장 큰 이유는 사실 따로 있었다. 상주댁은 심지가 굳고 무엇보다 입이 무거웠다. 할머니는 그런 상주댁을 누구보다 신뢰했고 의지했다.

시원이 거실로 들어서자, 고용인 중 한 명인 정임이 하얀 메이드복의 까만색 리본을 나풀거리며 달려 나왔다. 흰 수건을 들고 시원의 머리와 옷에 묻은 물기를 탈탈 털어주었다.

"됐어. 2층 욕실에 물이나 받아줘."

시원은 정임에게 수건을 건네받으며 의자에 털썩 앉았다.

"이렇게 우중충한 날엔 일찌감치 약을 먹어야 해. 약 먹고 한잠 푹 자고 일어나면 괜찮아질 거야."

상주댁이 알약 한 알을 내밀자, 시원은 물과 함께 약을 입에 넣었다. 그러고는 2층으로 올라와 욕조에 몸을 담갔다. 알약인지 뜨끈한 물 때문인지 나른함이 밀려왔다. 시원이 눈을 감았다. 그날의 기억이 잔불처럼 사위어가다가도 금세 사르르 되살아났다. 잊어버리고 싶었다. 지우고, 없애고, 지우고, 없애고…… 수없이 삭제해도 불쑥불쑥 나타나는 승권의 죽음. 시원은 몸을 부르르 떨면서 물속으로 몸을 숨겼다.

일곱 살 무렵, 시원이 유치원을 마치고 집으로 돌아오는 길이었다.

유치원 버스가 길에 잠시 정차했다. 창밖을 구경하던 시원의 눈에 웬 이상한 기계에다 하얀 가루를 솔솔 뿌리고 있는 할아버지가 들어왔다. 기계에서는 푸슬푸슬한 실 같은 게 뿜어져 나왔다. 할아버지가 나무젓가락을 휘휘 저으며 실을 돌돌 말았다. 실 뭉치가 풍선만큼 커졌다. 그 앞에 서 있던 몇몇 아이들이 하얀 뭉치, 분홍 뭉치를 받아 들고 한 움큼 뜯어서 입으로 가져갔다. 아이들 얼굴에 행복이 가득했다.

"선생님, 저게 뭐예요?"

시원은 창밖을 가리키며 선생님을 쳐다봤다.

"아! 솜사탕이야."

"솜사탕요?"

"잘 때 덮는 이불 알지? 그 이불 속에 부드럽고 포근포근한 솜이란 게 들어 있거든? 저게 그 솜처럼 생겨서 이름이 솜사탕이야."

"맛있어요?"

"아주 달콤해. 솜사탕을 한 움큼 떼어 입에 넣으면 금방 사라진다? 그런데 있잖아, 마법에 걸린 것처럼 자꾸 웃음이 피식피식 나면서 막 행복해져."

"와! 나도 먹고 싶다."

시원이 할아버지 쪽으로 다시 고개를 돌렸을 땐, 유치원 버스는 이미 언덕 위를 달리고 있었다. 언덕 위 골목 깊숙한 안쪽에 자리한 시원의 집에 도착했다.

"솜사탕, 솜사탕!"

시원은 선생님에게 인사를 하는 둥 마는 둥 "솜사탕!"을 외치며 집으로 뛰어 들어갔다. 입안에서 사라지는 솜사탕, 웃음 나는 솜사탕이 갖고 싶고, 먹어 보고 싶었다.

"엄마, 엄마! 솜사탕, 솜사탕 먹고 싶어요."

시원은 신발을 벗자마자 소리쳤다.

"이 철없는 것아, 그건 길거리에서 파는 불량식품이야."

할머니가 승권을 업은 채 시원을 보고 눈살을 찌푸렸다.

"눈나, 눈나."

승권이 시원을 보고 발을 버둥거렸다.

"아휴, 할미 허리 끊어지겠다. 우리 승권 왕자님, 내리십시다, 내려요."

할머니가 포대기를 풀며 달콤한 목소리로 말했다.

승권이 환하게 웃으며 시원에게 다다닥 달려왔다. 시원이 승권에게 솜사탕을 설명했다.

"승권아, 풍선처럼 이렇게 생긴 건데 입에 넣으면 마법에 걸린대. 승권이도 먹고 싶지?"

때마침 엄마가 방에서 나왔다.

"우리 딸, 유치원 재밌었어?"

"엄마! 나 솜사탕 갖고 싶어, 솜사탕."

"솜사탕? 솜사탕이 어딨어?"

엄마가 할머니 눈치를 보는 듯했다.

"저어기. 저 밑에 할아버지가 만들어."

시원이 두 팔을 흔들며 발을 동동 굴렀다.

"울보 계집애 눈물 터지면 종일 시끄럽다. 사주고 싶으면 얼른 하나 사줘라."

할머니가 툴툴거리며 방으로 들어갔다.

시원은 정임 손을 꼭 잡고 언덕을 한참 내려가서 솜사탕 두 개를 들고 왔다.

"승권이 꺼."

시원이 승권에게 솜사탕 하나를 내밀었다. 솜사탕이 얼마나 큰지 동생 얼굴이 가려져 보이지 않았다.

"아!"

솜사탕은 입에 들어가자마자 사르르 녹았다. 유치원 선생님 말씀처럼 정말 순식간에 입안에서 사라지더니 웃음이 났다. 막 행복해졌다.

"승권아, 맛있지? 행복하지?"

승권이가 해죽해죽 웃으며 고개를 끄덕였다. 솜사탕이 정말 마법을 부리나 보다.

시원은 할머니를 봐도 웃음이 났다. 느닷없이 할머니가 예뻐 보였다. 당장 할머니에게 달려가 뽀뽀도 할 수 있을 것 같았다. 행복한 마음이 가득 생겼다.

⓽ 승권이 죽었다

시원은 욕조에 얼굴을 묻고 울었다. 수시로 찾아오는 공포. 두려움 그리고 슬픔. 그때 그 일이 떠오를 때마다 머리부터 발끝까지 차가운 한기가 온몸을 훑었다.

'승권이 죽었다!'

승권은 네 번째 맞는 생일을 며칠 앞두고 홀연히 떠나버렸다.

"눈나, 눈나. 똠따탕, 똠따탕 줘!"

승권이 솜사탕을 쥔 것마냥 주먹을 흔들거렸다. 시원을 졸졸 따라다니며 조르고 또 졸랐다.

"엄마, 승권이가 솜사탕 먹고 싶대, 솜사탕 사줘요!"

시원이 엄마 방문을 열었다. 승권이도 따라 들어와 "똠따당 똠따땅!" 두 손을 내밀며 아양을 떨었다.

"솜사탕을 자꾸 먹고 싶어서 큰일이네. 건강에 별로 좋지 않은 건데. 이번만이다."

엄마는 마지못해 시원의 손에 돈을 쥐여 주었다. 그러면서 정임과 꼭 같이 가라고 신신당부했다.
시원은 이 방 저 방 돌아다니며 정임을 찾았다. 정임은 보이지 않았다. 화장실에도, 상주댁 방에도, 2층 어디에도 없었다.
"엄마, 언니가 없어."
"그래. 언니 손 꼭 잡고 다녀와."
엄마는 까만 안대를 한 채 웅얼거리듯 말했다. 승권을 보느라 피곤했던 모양이었다.
시원은 승권과 함께 대문을 열고 밖으로 나왔다. 정임 없이 아랫동네까지 가는 게 걱정됐지만, 솜사탕을 입에 넣을 생각에 마음이 들떴다. 시원은 승권 손을 꼭 잡고 흥얼흥얼 콧노래를 부르며 걷기 시작했다.
차가 지나가면 시원은 승권을 안쪽으로 서게 했다. 자동차가 지나갈 때까지 멈춰 서서 기다렸다.
드디어 큰길이 나왔다. 다행히 길 건너편에 솜사탕 할아버지가 보였다. 시원은 승권의 손을 잡고 신호를 보면서 천천히 길을 건넜다.
"솜사탕 두 개 주세요."
시원은 먼저 나온 솜사탕을 승권 손에 쥐여 주었다. 뒤이어 나온 솜사탕을 받아 들고 시원은 할아버지에게 깍듯하게 인사했다. 다시 승권 손을 꽉 잡고 초록 신호등을 확인한 후, 길을 건넜다.

"이거 먹을꼬야."

승권이가 시원의 손을 놓더니 솜사탕을 떼어 입에 넣었다.

"맛있다."

승권이 활짝 웃었다. 솜사탕은 승권의 콧등과 양 볼까지 달라붙었다.

시원이 헤헤 웃으며 승권의 코를 쓸었지만, 끈적끈적한 솜사탕이 좀처럼 닦이질 않았다. 시원과 승권은 마주 보며 해죽해죽 웃었다.

"나도 먹어야지."

시원이 솜사탕을 한 움큼 뜯어 입안에 넣었다. 솜사탕이 입속에서 사르르 사라졌다. 시원은 한 발짝 걸을 때마다 솜사탕을 떼어 입에 물었다. 또다시 마법에 걸렸다.

'앞으로 승권이 많이 많이 예뻐할 거야'

'할머니도 이젠 하나도 안 미워. 정말 정말 좋아할 거야.'

시원의 마음이 풍선처럼 둥둥 떠다녔다. 정신을 차리고 곁을 돌아보니 승권이가 보이지 않았다.

"어? 승권아!"

시원이 주위를 둘러보며 왔던 길을 되돌아갔다. 저만큼 떨어진 곳에 승권이 있었다. 승권이가 한 손에 솜사탕을 움켜쥔 채 커다란 검둥개와 실랑이를 벌이고 있었다.

"승권아!"

시원은 건널목 신호등이 얼른 초록불로 바뀌길 기다렸다.

"눈나. 개 무셔."

한순간, 검둥개가 승권에게 달려들어 솜사탕을 핥았다. 깜짝 놀란 승권이 팔을 막 휘저으며 검둥개의 목덜미를 잡아 뜯었다. 검둥개가 날카로운 이빨을 드러내며 사납게 으르렁거리며 펄떡거렸다. 그 바람에 승권이 땅바닥에 나동그라졌다. 검둥개가 승권의 솜사탕을 덥석 물었다.

"승권아, 일어나."

시원은 신호가 바뀌자, 들고 있던 솜사탕을 내동댕이친 채 승권에게 달려갔다. 승권은 땅바닥에서 버둥거리며 웅웅거리기만 했다.

"일어나, 빨리 일어나!"

시원이 승권의 팔을 잡아끌었다. 승권의 몸은 축 늘어져 있었고, 눈을 희멀거니 뜬 채 멀뚱멀뚱 시원을 보았다.

주변 사람들이 우르르 몰려들었다. 한 남자가 솜사탕을 할짝거리는 검둥개를 빗자루로 내리쳤다. 검둥개가 "깨갱!" 하며 달아났다.

승권이 눈을 허옇게 뜨고 또다시 팔을 허우적댔다. 머리 아래로 붉은 피가 스멀스멀 흘러나왔다. 승권은 몇 번 몸을 꿈틀하더니 눈빛이 흐릿해졌다.

"119, 119 불러요. 아이가 위험해요!"

빗자루를 집어던진 남자가 소리쳤다.

"엄마, 엄마! 승권아!"

시원은 악을 쓰며 울었다.

"아니, 이게 누구야. 저 위에 사는 현웅산업 손녀 아니야?"

세탁소 아줌마가 달려와 시원을 안았다.

"아가, 세상에! 아니, 이게 무슨 일이야."

아줌마는 어디론가 전화를 걸었다.

"상주댁, 큰일 났어……."

곧 요란한 소리를 내며 119 구급차가 왔다.

엄마가 달려와 구급차 들것에 누운 승권을 마구 흔들었다.

"스… 승권아! 안 돼, 안 돼!"

엄마는 온 세상을 찢을 듯한 비명을 지르며 울부짖었다. 피투성이 승권을 안고 어루만졌다. 엄마의 온몸도 피투성이가 되었다.

엄마를 본 승권이 느릿느릿 눈을 감았다. 시원은 엄마 옷자락을 부여잡고 바들바들 떨었다. 그다음부터는 기억이 나질 않았다.

승권이 허무하게 떠난 후, 온 가족이 죽어갔다. 엄마는 물 한 방울도 삼키지 못한 채 송장처럼 지냈다. 아빠는 매일 술에 취해 들어와 짐승처럼 울부짖었다. 그럴 때마다 시원은 잠에서 깼다. 침대에서 내려와 온몸을 둥글게 말고는 오돌오돌 떨었다. 가랑이 사이로 뜨끈한 오줌이 흘러내렸다. 시원이 울음을 터뜨리면 상주댁이 달려와 안아주었다.
"아이고, 우리 승권아."
할머니는 시도 때도 없이 쓰러졌다. 다시 정신이 들면 꺼이꺼이 목을 놓아 울부짖었다. 파리한 할머니 얼굴은 날이 갈수록 산 사람 얼굴 같지 않았다. 엄마는 가을 낙엽보다 더욱 파삭하게 말라갔다. 승권이 떠나고 한동안 시원의 집은 울음 마를 날이 없었다.
시원은 그렇게 미움받는 천덕꾸러기가 되었다. 욕을 입 밖으로 내지 않던 할머니에게 죽일 년, 동생 잡아먹은 년, 집안 말아먹은 년으로 낙인찍혀 버렸다.

"내가 죽인 게 아니야!"
물속에 잠겨 있던 시원이 물 위로 올라왔다. 숨이 차올랐다.
"아직도 샤워 중이야?"
밖에서 상주댁 목소리가 들렸다.
시원이 후, 다시 한번 숨을 내뱉고 등허리를 바로 세웠다. 물이 식어서인지 온몸에 한기가 느껴졌다. 거울을 보니 눈이 빨갛게 충혈되었다. 시원은 샤워를 마치고 욕실에서 나왔다.
방 안 창문을 열었다. 어느새 비가 그쳤는지 구름 사이로 햇살이 보였다. 시원이 크게 숨을 들이쉬었다. 맑은 공기와 함께 정원의 향기가 코끝을 간지럽혔다. 바람이 슬며시 지나갈 때마다 짙은 라일락 향이 시원의 방을 남실거렸다.

시원은 오랜만에 왼쪽 창문 커튼을 젖혔다. 이 창문은 열어봤자, 담장 너머로 옆집만 보일 뿐이다. 어지간해선 열지를 않았지만, 오늘은 활짝 열고 싶었다.

앗! 하얀 피부의 옆집 남자가 창틀에 걸터앉아 담배를 피우고 있었다.

"하이!"

시원과 눈이 마주치자, 남자는 손가락을 까불거리며 히죽 웃었다.

"미친 새끼……. 여기가 미국인 줄 아나?"

시원은 중얼거리며 신경질적으로 창문을 쾅 닫았다. 괜스레 가슴이 콩닥콩닥 뛰며 쉬이 가라앉지 않았다.

# 09
마리오네트 인형처럼

똑똑!

할머니와 외출하고 돌아온 엄마가 시원의 방문을 두드렸다.

"시원아, 뭐 하니?"

시원은 후다닥 책상 앞에 앉아서 손에 잡히는 아무 책이나 펼쳐 들었다. 방에 들어온 엄마가 시원의 침대에 걸터앉았다. 시원은 일부러 책에서 눈을 떼지 않았다.

"할머니랑 멸종 위기 동물 살리기 자선 행사에 다녀왔어."

엄마가 자리에서 일어나 시원에게 다가갔다.

"지구 온난화가 정말 심각하긴 해. 정신 똑바로 차리고 살아야겠더라."

엄마는 시원의 짧은 머리칼을 휘휘 들추었다.

"무슨 책인데, 엄마한테 눈길 한번 안 주니? 그렇게 재밌어?"

"누가 내 머리카락 건드리는 거 싫다고 했잖아?"

시원이 엄마의 손길을 뿌리치면서 책을 탁 덮고 일어났다.

"왜 그렇게 예민하니?"

엄마가 언짢은 표정을 지으면서 시원에게 눈을 흘겼다.

"저한테 관심 끄시라고요."

"아휴, 피부과 가라 해도 말 안 듣고. 연고라도 부지런히 발라야 금세 나을 게 아니니?"

엄마가 시원의 책상에 있는 탈모 치료 연고를 집어 들었다.

"그냥 나가요. 제발!"

"얘가 왜 자꾸 삐딱하게 엇나가는 거야. 대체 나한테까지 이러는 게 뭔데?"

엄마가 눈살을 찌푸리며 따졌다.

"내가 이러는 게 누구 때문인데!"

"나 때문이라는 거야?"

엄마가 어이없어하며 물었다.

"엄마도 한통속이잖아. 그러니까 불쑥불쑥 내 방에 들어오지 마. 난 이 집 사람들 전부랑 말 섞는 것도 싫다고. 어?"

시원이 눈에 불을 켜고 대들었다.

"얘가 점점. 아휴 기막혀죽겠네. 먼저 시작한 게 누군데. 며칠 전만 해도그래. 네가 먼저 집 안을 쑥대밭으로 만들어놨잖아."

엄마가 나지막이 며칠 전 일을 따져 물었다.

그날 상주댁이 학교 갔다 온 시원을 맞이했다.

"공부 힘들지? 애썼어."

"엄마는요?"

"갤러리 모임 가셨어."

상주댁이 주위를 둘러보며 시원에게 작은 소리로 말했다.

"큰 사모님은 방에서 주무시고."

상주댁은 주위를 둘러보며 중대한 비밀이라도 알려주는 듯 목소리를 한껏 낮추어서 들릴 듯 말 듯 속삭였다.

시원은 옷을 갈아입고 아래층으로 내려와 다이닝룸 식탁에 앉았다. 식탁 위에는 싱주댁이 잘라 놓은 멜론이 있었다. 멜론을 하나 집어서 입에 넣었다. 진한 향과 달콤한 과즙이 입안에 가득 찼다.

그때 할머니가 큼큼 잔기침하며 방에서 나왔다. 시원은 가슴이 쪼그라들면서 숨이 막히는 것 같았다. 입안의 멜론을 삼키지도 못한 채 발끝만 내려다보았다.

"너는 인사는커녕 할미를 쳐다보지도 않냐?"

할머니가 목청을 높였다.

"시원이 학교에서 방금 왔어요. 이거 몇 점 더 먹게 두세요."

상주댁이 할머니를 슬쩍 막아서며 헤헤거렸다.

"저거 먹이려고 내가 비싼 돈 주고 사온 줄 알아?"

"큰 사모님, 고정하세요."

상주댁이 억지웃음을 지으며 아양을 떨었다.

"저건 위아래도 없어. 어른을 보면 눈인사라도 해야 할 게 아니야. 은혜도 모르는 싸가지 없는 년 같으니라고."
 할머니가 구부정한 몸으로 뒷짐을 진 채 시원을 노려봤다.
 "내가 방으로 가져다줄게. 얼른 올라가."
 상주댁이 안절부절못하며 시원을 일으켜 세웠다.
 "하아, 진짜 웃기고 있어."
 시원이 손에 들고 있던 포크를 던졌다. 포크는 할머니 발 앞에 떨어졌다.
 "이게 버르장머리 없이! 너 사람도 치겠다. 그러니까 동생도 잡아먹지."
 화가 난 할머니가 시원의 뒤통수를 후려쳤다. 시원의 고개가 앞으로 푹 고꾸라졌다.
 "사모님, 대체 왜 그러세요. 그만하세요!"
 상주댁이 놀라서 달려와 할머니 몸을 끌어안았다.
 "상주댁, 너도 알잖아. 저게 동생 잡아먹은 거. 우리 귀한 4대 독자 잡아먹었잖아. 그렇게 못 잡아먹어 안달, 안달하더니 기어코 잡아먹었어. 저게 뒈졌어야 하는데! 귀신은 저런 거 안 잡아먹고 뭐 하나 몰라. 그 어린 걸 끌고 나가서 기어코 잡아먹고! 뭘 잘했다고 얼굴을 들고 다녀. 저년 처먹는 것도 아까우니까 아무것도 주지 마! 동생 잡아먹은 년이 무슨 자격으로 처먹어! 무슨 자격으로 숨을 쉬어!"
 할머니는 입에 거품 물고 악다구니를 썼다. 벌써 십여 년째 똑

같은 반복이었다.

"그래. 내가 동생도 잡아먹었는데 할머니라고 못 잡아먹을 줄 알아? 내가 못할 거 같냐고!"

시원이 할머니에게 소리치며 다가갔다. 그 기세에 할머니가 움찔하며 휘청 넘어질 뻔했다.

"하이고, 이년이 사람을 치네. 그래, 죽여 봐. 제 동생도 잡아먹었으니 어디 나도 잡아먹어 봐!"

할머니가 나풀거리는 시원의 머리끄덩이를 잡아챘다. 시원의 찰랑이는 긴 머리 가발이 훌렁 벗겨졌다. 할머니는 손에 쥔 가발을 시원 얼굴에 후려치듯 내던졌다.

"꼴에 가짜 머리를 해가지고는. 가관이다, 가관이야!"

가발 밑에 납작하게 눌려 있던 짧은 머리는 시원을 더욱 초라하고 비참하게 만들었다.

"누구 때문에 내가 가발을 쓰고 다니는데? 어? 할머니 때문이잖아. 그래 놓고 아닌 척 발뺌하는 것 좀 봐. 절대 용서 못 해. 죽어도 용서하지 않을 거야. 이 악마!"

시원은 바락바락 소리를 지르며 할머니를 쏘아봤다.

"이년이 누구더러 악마래?"

할머니가 입에 거품을 물고 시원에게 달려들었다.

재빨리 몸을 움직인 시원이 거실 장식장 쪽으로 갔다. 그러고는 할머니가 고이 모셔둔 달항아리를 집어 들었다. 달항아리는 수십 년 전부터 이 집을 지키던 도자기였다. 할머니가 하루도 거르지 않고 의식을 치르듯, 하얀 무명천으로 닦고, 쓰다듬으며 어루만지는 보물이었다.

시원은 달항아리를 두 손으로 번쩍 들고 할머니에게 천천히 다가갔다.

"아니, 저, 저걸!"

할머니가 비척비척 뒷걸음치다 엉덩방아를 찧으며 자빠졌다.

"안 돼. 안 돼, 시원아!"

상주댁이 두 손을 바짝 들고는 할머니를 막아섰다.

"죽여버릴 거야."

시원은 할머니를 향해 달항아리를 던질 기세로 우뚝 서 있었다.

"그러면 안 돼."

상주댁이 울먹였다.

시원은 갑자기 뒤돌아서더니 거실 통유리창을 향해 달항아리를 집어 던졌다. 달항아리는 유리에 부딪혀 최후의 울부짖는 짐승 소리를 내며 산산조각이 났다. 그 소리가 얼마나 큰지 온 동네에 울려 퍼졌다.

시원의 입에서 웃음이 새어 나왔다. 그야말로 미친 듯이 짜릿했다.

"너, 이년!"

할머니가 시원을 향해 골프채를 휘둘렀다. 시원은 할머니를 피해 정원으로 뛰쳐나갔다. 할머니가 숨을 거칠게 내뿜으며 시원을 뒤쫓았다. 손에 든 골프채를 던지듯 내려놓고는 시원의 짧은 머리카락을 송두리째 뽑듯 쥐고 흔들었다.

그날 상주댁과 기사 아저씨가 말리지 않았더라면, 아마 시원의 머리는 남아나질 않았을 것이다.

"그게 왜 내 탓이야? 할머니가 먼저 시작했는데."

시원이 억울해하며 대꾸했다.

"할머니 비위 건드려봤자 소용없는 거 모르겠어? 그런데도 넌 계속 할머니 속을 긁어놓잖아. 요령껏 눈치 좀 보면서 살면 안 돼? 네가 아기야, 어?"

엄마의 다그침에 시원의 마음은 더더욱 차갑게 식어갔다.

"됐어, 엄마도 할머니랑 똑같아. 내가 싫지? 미워 죽겠지? 승권이가 너무너무 아까워 미칠 지경이지? 대신 내가 죽었으면 좋았을 거라고…… 엄마도 그렇게 생각하잖아!"

시원이 눈을 동그랗게 치뜨며 악다구니를 썼다.

"얘, 얘가 대체 무슨 말을 하는 거야? 너 점점 왜 그러는 거니? 어떻게 그런 얘길 해?"

엄마의 얼굴이 붉어지고 두 눈이 충혈됐다. 잠시 숨을 고른 엄마가 시원의 두 손을 잡았다.

"시원아, 네가 누구보다 힘든 거 잘 알아. 오죽하면 머리에 숭숭 구멍이, 이렇게 탈모가 생겼겠어. 엄마라고 마음 안 아픈 줄 알아?"

시원은 엄마의 설득에 넘어갈 생각이 없었다.

"마음이 아프다고? 엄마는 나보다 할머니 비위 맞추면서 따라다니는 게 더 중요하잖아. 멸종 위기 동물 자선 행사? 좋아하시네. 내가 엄마 속을 모를 줄 알고?"

"무슨 말을 그렇게 해?"

"엄마는 나를 향한 증오심을 자선 행사, 도네이션 같은 걸로 누그러뜨리려고 하는 거잖아, 내가 미울 때마다 더더욱 불쌍한 사람들, 동물들 챙기면서. 아니야?"

시원의 말에 엄마가 펄쩍 뛰었다.

"억지 부리지 마. 엄마는 널 증오한 적 없어, 할머니 일도 그래. 승권이 하늘나라로 보내고 할머니가 이상해지신 거 맞아. 하지만 할머니라고 그러고 싶어서 그러시겠니? 그만큼 상처가 깊은 걸 어떡하니? 나까지 할머니에게 고약하게 굴면 바로 쓰러지셔."

"핑계 대지 마. 돈 때문이잖아. 엄마는 작은엄마한테 할머니 재산 넘어갈까 봐 노심초사하잖아. 그래서 할머니에게 비위 맞추면서 아부 떠는 거잖아. 안 그래?"

"얘가 정말! 누가 들으면 진짜 줄 알겠어. 목소리 낮추지 못해? 그러니까 너야말로 할머니한테 더 미움받기 싫으면 똑 부러지게 보여줬어야지. 너 국제중학교 입학했을 때 할머니가 많이 누그러지신 거 몰라? 그런데 결국 사고 쳐서 쫓겨났잖아. 할머니가 낙오자가 된 너를 인정해주실 것 같아?"

"됐어. 인정 같은 거 바란 적 1도 없어. 난 내 식대로 살 거야."

"시원아, 지금이라도 늦지 않았어. 열심히 공부해서 국제고나 외고에 들어가란 말이야. 그러면 이렇게 괴롭게 살지 않아도 되잖아."

시원은 고개를 저었다.

"이젠 꼭두각시처럼 안 살아."

"작은집 시우가 과학고에 들어가면 할머니가 뭘 주실 것 같아? 너 할머니한테 인정받으려면 공부해. 그것만이 네가 살 길이니까."

그 말에 시원이 벌컥 화를 냈다.

"엄마, 사람 놓고 장난하는 거야? 이런 나를 놓고 할머니를 상대로 계산기를 두드리고 싶어? 내가 그냥 눈앞에서 콱 죽어버릴까?"

"얘가 무슨 그런 끔찍한 말을……."

"그러면 가만있어."

"너야말로 엄마 죽는 꼴 보고 싶어서 그러니? 내가 어떤 마음으로 살아왔는데. 너까지 나락으로 떨어지는 꼴을 내가 어떻게 봐."

엄마 눈에 눈물이 고였다.

시원의 부모님 결혼을 누구보다 반대한 사람이 할머니였다. 엄마의 학벌이 기대에 못 미친다는 게 이유였다.

할머니는 외교관이었던 외증조할아버지 덕분에 자연스럽게 외국 문물을 접했고, 유학파 엘리트로 성장했다. 사업가인 할아버지와 결혼한 뒤에는 회사를 함께 키웠다. 그랬기 때문에 자식들도 엘리트로 만들어 대대로 명문 가문이 되길 바랐다.

"마음에 한참 안 차는 애가 우리 집안에 들어오면 어쩌자는 거야?"

할머니는 엄마를 미워했다. 투명인간 취급하며 업신여겼다. 엄마는 늘 주눅이 들었다.

시원의 아빠는 항상 회사 일로 바빴다. 일 년 중 반 이상은 해외 출장 중이라 가정에 신경 쓸 시간도 없었다. 더더욱 엄마와 할머니 사이엔 끼어들고 싶어 하지 않았다. 시원의 기억 속에는 가끔 엄마에게 큰소리를 내던 아빠의 목소리가 있었다. 아마 아빠는 엄마보다 할머니를 더 챙겼던 것 같다, 엄마는 많이 외로웠을 것이다.

"아이고, 첫 손녀를 보다니 정말 어여쁘구나."

시원이 태어난 날, 할머니는 무척 기뻐했다고 했다. 하지만 명문대학을 나오지 못한 엄마가 시원을 제대로 교육시키지 못할 거로 판단했다. 여기저기 유명하다는 튜터를 수소문하기 시작했다.

그 얘기를 들은 엄마는 오기가 생겼다. 할머니보다 먼저 유명한 튜터 맘, 엘리강을 구했다. 아이비리그 출신의 미국 국적을 가진 우리나라 여성이었다.

"사모님 저만 믿으세요."

엘리강이 자신 있는 목소리로 엄마를 안심시켰다.

시원은 기저귀를 떼기 전부터 엘리강에게 맡겨졌다. 공부는 일대일로서 바깥에 정보가 새어 나가지 못하게 했다. 정보가 유출되면 튜터는 아웃이었다. 엘리강은 시원에게만 오롯이 집중했다.

엘리강은 한 달, 주중, 매일의 계획을 짜놓고 시원이 따르게 했다. 전 과목 일타 강사의 수업, 피아노와 바이올린, 클래식 코스까지 다 밟게 했다. 시원은 엘리강의 혹독한 교육 방식에 착착 잘 따라 했다. 네 살 때 한글을 떼고 책을 술술 읽었다. 원어민과 수업을 한 결과 영어도 대화가 능숙했다.

여섯 살이 되자 우리나라 역사는 물론 신화까지 섭렵했다. 그리고 사자성어, 구구단까지 줄줄 외웠다. 틈틈이 갤러리나 박물관에 갔고, 도서관이나 음악회도 따라다녔다. 엘리강은 이 모든 과정을 엄마에게 보고했고, 엄마는 할머니에게 알렸다. 한 달에 한 번씩 엘리강은 시원을 할머니 앞에 세워놓고 테스트를 시켰다.

할머니는 점차 엄마를 인정하기 시작했다. 영특한 시원을 자랑하고 싶어서 가든파티를 열기도 했다.

시원은 손님들 앞에서 바이올린을 켰다. 유창한 영어로 가족을 소개하고 외국인 손님과 소통했다. 할머니는 시원에게 19단을 외워보라고도 했다. 사람들은 시원에게 박수갈채를 보내며 영재라고 했다.

승권이 세상을 떠난 뒤에 시원은 더더욱 엘리강의 지침을 따랐다. 그렇게 하지 않으면 이 집안에서 살아남을 수 없음을 알아챘다. 엄마의 눈에서 눈물을 보이게 하고 싶지 않았다. 할머니에게 동생을 잡아먹은 년이란 꼬리표를 반드시 떼어야만 했다.

초등학교에 입학하고 나서도 시원의 두각은 계속되었다. 할머니는 손녀딸 덕분에 조금씩 생기를 되찾아 갔다. 엄마를 신뢰하게 되었고, 가족들 얼굴에 웃음이 감돌기 시작했다. 시원은 어렵지 않게 국제중에 입학했다.

그사이 십여 년 동안 함께했던 엘리강이 튜터 일을 관두고 미국으로 떠났다. 엘리강이 떠난 후 엄마는 심한 불안증에 시달렸다. 그래서 시원을 더 심하게 닦달했다. 엄마에게 시원의 성적은 그야말로 신앙에 가까웠다.

시원은 점점 엄마의 마리오네트 인형이 되어갔다. 엄마가 줄을 잡고 이거 해라, 저거 해라 흔들어댈 때마다 시원은 명령에 순종했다.

'엄마가 하라는 일이니까.'

시원은 점점 생각이라는 걸 잊었다. 그저 엄마가 시키는 대로 공부하고 또 했다. 시원의 공부 방식은 독특했다. 교과서와 여러

권의 문제집을 통째로 외우고, 풀고, 외우고, 또 또 또 풀었다. 문제를 암만 비틀어 출제해도 시원이 틀릴 확률은 무척 낮을 정도였다.

"거봐, 이번에도 전교 1등이잖아. 국제고나 외고를 가면 그다음은 하버드? 스탠퍼드?"

엄마가 호호거리며 웃었다.

할머니에게 인정받은 엄마는 평창동 갤러리의 관장 직함을 받아냈다.

"엄마, 나 엄마가 시키는 대로 이렇게 하는 게 맞는 거야?"

시원이 엄마에게 물었다.

"그럼. 엄마가 하라는 대로 해서 할머니께 인정받고, 너 또한 최고가 되었잖니. 복잡한 생각하지 마. 너는 엄마 말만 따르기만 하면 되는 거야. 그냥 공부만 해."

엄마가 시원을 향해 웃어주었다.

중학교 2학년이 되었다. 어느 순간, 시원은 공부에 집중이 되지 않았다. 시험 난도가 높아진 것 때문만은 아니었다. 모든 걸 머릿속에 집어넣는 방식 자체가 버겁게 느껴졌다. 그럴수록 시원은 노력하고 또 했다.

2학년 2학기 중간시험을 앞둔 날이었다. 새벽 4시 30분. 시원은 공부한 내용을 머릿속으로 훑으며 침대에 누웠다.

"일어나야지."

똑똑 방문 두드리는 소리에 이어 엄마의 부드러운 목소리가 들려왔다. 잠결일까, 꿈결일까? 시원은 눈을 떴다. 엄마와 눈이 마주쳤다. 엄마가 가까이서 시원을 내려다보고 있었다.

"헉! 뭐야."

시원은 깜짝 놀라 소리를 질렀다.

"일어나 공부해야지."

엄마가 시원을 내려다보며 가느스름한 미소를 지었다.

"다 했어."

"이거 먹으면 잠도 달아난대."

엄마가 알약과 에너지 음료를 들어 보였다.

"다했다니까. 엄마. 나 좀 자고 싶어."

"우리 딸 착하지. 아, 아."

"제발 이러지 마. 다 끝냈다니까."

시원의 애원에도 불구하고 엄마는 시원을 억지로 일으켜 앉게 했다. 그러더니 시원의 입안으로 알약과 에너지 음료를 들이부었다.

"우읍!"

시원이 캑캑 기침했다.

"우리 딸 착하지? 어서 마저 해."

엄마가 시뻘겋게 충혈된 눈으로 시원을 보며 웃었다. 시원은 소름이 돋았다.

다음 날이었다. 교실에서는 사각사각 아이들의 문제 푸는 소리가 가득 채워졌다. 시원은 문제를 풀려고, 집중하면 할수록 엄마의 표정과 눈빛이 스쳐갔다.

"일어나. 일어나. 정신 차려!"

엄마의 목소리가 귓가에 맴돌았다.

"착하지, 어서 해. 마저 해야지."

엄마의 환청이 들릴 때마다 시원은 고개를 저으며 주변을 살폈다. 엄마는 없었다.

'내가 왜 이러지?'

눈앞이 하얘졌다. 시험에 집중할 수가 없었다. 시원은 온몸에 한기가 올라오면서 몸이 달달 떨렸다. 옷깃을 여미고 몸을 잔뜩 움츠렸다.

"아이, 착하네. 착하지. 1등 할 수 있어. 이번에 또 전교 1등이야."

엄마가 또 귓가에 대고 속삭였다. 시원은 두 손으로 귀를 틀어막았다.

"우리 딸, 어서 해."

엄마가 두 눈을 부릅뜨고 시원을 보고 있었다. 시원은 머리를 세차게 흔들었다. 그러다 점점 화가 나고 분노가 치밀어 오르기 시작했다.

"엄마가…… 엄마가 내 영혼을 갉아먹고 있어. 야금야금 파먹고 있어. 난 로봇이 아니야. 난 사람이라고!"

가슴속 깊은 곳에서 짐승이 울부짖는 듯한 소리가 올라왔다. 시원은 발작하듯 괴성을 지르며 교실에서 달아났다.

"이시원! 이시원."

교실 복도 끝에서 선생님의 목소리가 울려 퍼졌다.

시원은 그렇게 국제중학교를 떠났다.

❿ 아줌마를 만났어

 "자, 스트레스는 훌훌 털어버려. 머리 두피부터 신경 써야지. 우리 예쁜 시원이가 계속 이런 원형 탈모 상태로 살 순 없잖아."
 엄마가 다시 한번 탈모 치료 연고를 들고 면봉에 짰다. 반고체의 누런 약이 애벌레처럼 꿈틀거리며 기어나왔다.
 "나가."
 시원은 양손으로 엄마 어깨를 잡고 문을 향해 떠밀었다.
 "야, 왜 이러는 거야, 어?"
 엄마가 연고 묻은 손가락을 흔들며 아우성을 쳤다.
 시원은 방문을 잠갔다. 그러고는 멍하니 거울을 들여다보았다. 숏커트 머리카락 사이로 원형 탈모 흔적이 보였다. 뒷머리를 만져보았다. 역시나 맨질맨질 동전만 한 구멍 서너 개가 더 만져졌다. 시원은 한숨을 내쉬며 모자를 눌러썼다.
 "야옹이들 만나러 갈 시간이다."
 수납장에서 고양이 사료를 꺼내 플라스틱 통에 가득 담았다.

시원은 통을 들고 밖으로 나왔다.

살랑살랑 부는 밤바람이 훈훈했다.

'라일락이 지면 초여름이 오겠지.'

시원이 길고양이처럼 밤을 헤매고 다닌 지 벌써 서너 달이 넘었다. 마음이 답답하고 불쑥불쑥 죽고 싶은 마음이 들 때마다 집밖을 나와 발길 닿는 대로 쏘다녔다.

미영 아줌마도 그러다 만났다.

그날이었다. 시원이 물을 마시려고 아래층으로 내려왔다. 할머니 방에서 나지막한 목소리가 들렸다. 누구와 통화하는 것 같았다.

"그 부적 효력 다 떨어졌어. 도사님! 내가 돈 드는 것 갖고 뭐라 합디까? 내가 직접 없애지는 못하잖아. 얼마든 상관없으니 센 것으로 하나 더 써주셔."

할머니 목소리는 어딘지 모르게 간절해 보였다.

'뭐를 없앤다는 거지? 혹시 나를 말하는 걸까?'

시원은 불붙은 것처럼 몸이 훗훗했다. 심장이 뛰고 화도 나고 두렵기까지 했다.

'뭘 두려워해. 내가 먼저 죽여버리면 되잖아.'

시원은 송곳을 든 채 할머니 방문 앞에 서 있는 자신을 발견했다.

"내가 왜 이러지. 왜 자꾸 못된 괴물이 되는 거야.'

시원은 가슴이 답답하고 숨이 조였다. 울기라도 하면 나아질 텐데 울음도 나오지 않았다.

시원은 무작정 밖으로 뛰쳐나왔다. 손에 쥔 송곳이 가로등 불빛에 차갑게 빛났다.

주머니 속에 얼른 송곳을 숨겼다. 걸을 때마다 날카로운 송곳 끝이 살짝살짝 가슴을 찔렀다. 기분이 짜르르했다.

시원은 다시 송곳을 꺼내 담벼락을 지익 긁어봤다. 옳은 행동이라 보기 어려웠지만, 의외로 짜릿한 기분이 들었다. 시원은 사람들의 왕래가 적은 한적한 곳으로 발길을 옮겼다. 송곳으로 담장을 긁을 때마다 막혔던 속이 뻥 뚫렸다.

시원은 그 후, 짜증이 날 때마다 밖으로 나갔다. 송곳을 숨기고서.

'지익, 지이익.'

몇 번 반복하고 나니 담벼락 긁는 것도 큰 감흥이 일지 않았다.

가로등 불빛 아래 주차된 반짝반짝 빛나는 자동차가 눈에 들어왔다. 시원은 손가락 끝을 자동차에 살며시 갖다 댔다. 송곳을 쥔 손에 힘껏 힘을 주었다.

'찌이익!'

자동차 긁히는 소리가 재밌지도 신나지도 않았다. 그냥 현실로 되돌아왔고 몸이 오들오들 떨렸다.

'누가 봤으면 어떡하지? 남의 차에 무슨 짓을 한 거야? 나 정말

미쳤나 봐. 내가 대체 왜 이러는 거야. 나 왜 이렇게 된 거냐고.'

시원은 스스로 자책했다.

'아니지, 구차하게 뭘 자책해. 그냥 나 하나 없어지면 되는 건데.'

생각이 거기에 미치자, 시원은 오히려 차분해졌다. 손에 들고 있던 송곳을 손목에 댔다. 이상했다. 눈물도 나지 않고 떨리지도 않았다. 시원은 천천히 송곳에 힘을 주었다.

그때였다. 웬 아줌마가 번개처럼 시원 앞에 나타났다. 아줌마는 다짜고짜 시원을 꼬옥 안았다.

"하지 마. 하지 마. 그러지 마아."

아줌마 목소리가 떨렸다.

손에 쥔 송곳이 바닥으로 툭 떨어지는 소리가 났다. 동시에 시원의 두 눈에서 눈물이 솟아올랐다.

시원은 정체 모르는 아줌마 품에 안겨 울었다. 목 놓아 서럽게 울고 또 울었다. 아줌마는 시원이 울음을 그칠 때까지 잠자코 있었다. 시원은 한참을 울고 나서 아줌마를 쳐다봤다.

"근데 누…… 누구세요?"

시원이 코맹맹이 소리를 내며 물었다.

"나, 나는 윤미영인데에…….."

아줌마가 싱긋 웃었다. 그러더니 불쑥 시원의 팔을 잡아끌었다.

"나랑 저기 갈래애?"

아줌마는 바닥에 놓아둔 플라스틱 통을 들었다.

"뛸까? 뛰면 기분이가 좋아아."

아줌마가 시원의 손을 잡았다. 시원은 얼결에 아줌마 손을 잡고 뛰었다. 두 사람이 뛸 때마다 플라스틱 통에서 잘그랑잘그랑 소리가 요란했다.

"여기야아."

아줌마는 숨을 헉헉거리면서 빈 그릇에 시리얼 같은 걸 쏟았다. 길고양이 밥을 주는 거라고 했다.

"고, 고양이들은 배 고…… 곯아, 불쌍해애."

"아줌마 캣맘이에요?"

시원의 말에 아줌마가 배시시 웃었다. 아줌마는 대답 대신 시원의 팔목을 잡고 또 달렸다. 시원은 송골송골 맺힌 땀을 닦았다. 마음이 한결 가벼워졌다.

"여기가 마지막! 이제 끝이야아."

"제가 해봐도 될까요?"

시원이 말하자, 아줌마가 순순히 통을 넘겨주었다. 시원이 고양이 밥그릇에 사료를 주르륵 부었다.

"고양이들은 언제 와요?"

아줌마는 나무 뒤의 벤치를 가리켰다. 까치마당이라는 작은 팻말이 보였다. 시원은 벤치에 앉았다. 밤공기가 달콤했다.

"기다려 봐아. 아가들이 올 거야아."

아줌마가 들릴 듯 말 듯 작은 소리로 말했다. 정말이었다. 나무 뒤에서 아기 고양이가 살금살금 나타나더니, 밥을 먹기 시작했다.

"아, 귀여워."

시원은 손으로 입을 막고 말했다.

"이뿌지이."

"아줌마, 이제부터 고양이 밥 저도 주면 안 돼요?"

"정말이야아?"

"네."

"그럼 여덟 군데 주까아?"

"무조건 좋아요."

"정말이다아? 와! 그러면 나는 하나다아."

아줌마가 손가락을 한 개 펴며 흐흐흐 웃었다.

"네에? 나는 여덟, 아줌마는 한 군데?"

"어어."

아줌마가 고개를 크게 끄덕였다.

"좋아요, 좋아요."

아줌마와 시원은 마주 보고 깔깔 웃었다. 시원은 이렇게 웃어 본 적이 언제였나 싶었다. 자신도 이렇게 웃을 수 있다는 사실이 신기하기만 했다.

그날 시원은 아줌마와 같이 캣샵이라는 곳에 갔다. 처음으로 고양이 사료를 사고, 교체해 줄 고양이 밥그릇도 새로 골랐다.
　이렇게 아줌마와의 인연이 시작되었다. 아줌마 이름은 윤미영. 얼굴이 꺼칠하고, 머리가 부스스하고, 옷이 지저분했다. 하지만 시원은 괜찮았다. 아줌마는 생명의 은인 같은 사람이니까.
　'내 삶에 살아갈 이유를 준 사람이잖아.'
　시원은 순박하면서도 따스한 마음을 가진 아줌마가 좋았다. 그 이상 더 알고 싶은 것도 없었다. 무슨 사정으로 말을 어눌하게 하는 건지, 가족은 있는지, 왜 캣맘을 하는지 등등. 이런 걸 알지 않아도 아줌마와 마음이 통할 것 같았다.
　그 후 아줌마와 시원은 까치마당에서 가끔 만났다. 그곳에서 함께 노래를 부르고 재미난 이야기를 나눴다. 가끔 시원이 속상했던 속마음이라도 털어놓은 날엔 시간이 두 배로 빨리 갔다.
　아줌마는 자기 보물을 보여주고 싶다면서 시원을 집에 데려가기도 했다. 아줌마 집은 아담한 주택이었다. 대문을 열고 들어가면 손바닥만 한 마당이 있고, 마당 가운데 작은 평상이 놓여 있었다.
　"이거, 이게 내 보물이야."
　아줌마는 평상에 잡동사니를 펼쳐놓고 자랑했다. 아줌마가 보물을 가지고 노는 동안 시원은 담장 맞은편, 저 아래 궁궐 같은 집을 내려다보았다.
　끝없이 넓은 초록빛 잔디 정원, 길쭉길쭉 솟은 우람한 나무들, 어마어마하고 웅장한 주택은 근사했지만, 그곳에 사는 소녀는 너무나 불쌍했다. 한없이 외롭고 쓸쓸한 소녀를 생각하니 시원은 괜히 눈물이 났다. 이렇게 작고 허름한 집에서 풍겨오는 따스한 기운이 부러웠다.

"자, 밥 먹어어."

아줌마가 둥근 소반에 밥을 차려 내왔다. 김치와 뜨끈한 소고기뭇국이었다. 뭇국에는 밥 한 덩어리가 들어 있었다. 시원은 '어! 이렇게도 먹을 수가 있구나,' 눈이 휘둥그레졌다.

"잘 먹을게요."

시원은 아줌마와 국밥을 먹었다. 그리고 아줌마가 가르쳐준 노래를 따라 불렀다.

"바람이 불어오는 곳 그곳으로 가네."

고양이 밥을 주면서 시원은 흥얼흥얼 노래를 불렀다. 골목 귀퉁이에 놓인 밥그릇에 사료를 부어주었다. 그러고는 일곱 번째 고양이 급식소로 향했다.

이 길은 매일 다녀도 고불고불한 외진 골목이라 겁이 났다. 시원은 심호흡을 크게 하고 골목길을 걸어 올라갔다.

"비켜주세요."

모퉁이에서 가냘픈 여자아이 목소리가 들렸다. 시원은 발걸음을 멈췄다. 심장이 쿵쿵 뛰었다.

"비키시라고요."

아이가 다시 한번 누군가에게 말했다. 울음을 겨우 참고 있는 목소리였다.

시원은 두렵고 무서웠지만, 발걸음을 가까이 옮겼다.

"아저씨, 제발요."

아이는 애원하듯 말했다. 희미한 가로등 불빛 아래로 남자의 등이 보였다. 남자한테 가려져서 아이의 모습은 보이지 않았다.

"이리 와. 귀여워서 그래."

남자는 술에 취해 비틀비틀 두 팔을 벌린 채였다.

"거기 아저씨, 길을 가로막고 있으면 어떡해요!"

시원이 꽥 소리쳤다.

"누, 누구? 뭐라고?"

남자가 고개를 돌리며 물었다.

"좁은 골목이잖아요. 비켜주셔야 사람이 다니죠."

"허, 싫다! 어쩔래?"

남자가 시원을 보려고 뒤돌아서는 사이에 가로막혀 있던 아이가 몸을 틀었다. 어떻게든 비집고 나오려는 모양이었다.

"안 비켜주시면 동영상 찍고, 경찰에 신고합니다."

시원이 휴대폰을 흔들며 단호하게 말했다.

"신고해라, 누가 겁나냐?"

남자가 팔을 마구 휘둘렀다. 그러다 시원의 머리카락을 홱 잡아챘다. 시원의 가발이 벗겨지면서 남자가 휘청하며 넘어졌다.

"으악, 이게 뭐야?"

남자가 놀라서 허둥대는 사이, 시원은 얼른 아이의 손을 잡고 길모퉁이 뒤로 몸을 옮겼다. 서두르는 바람에 시원이 들고 있던 플라스틱 사료통이 바닥에 툭 떨어졌다. 안에 든 사료가 와르르 쏟아졌다.

"앗, 언니! 괜찮으세요?"

아이가 어둠 속에서 시원을 걱정했다.

"괜찮으니까 얼른 집으로 가."

시원의 말에 아이는 고개를 꾸벅 인사하더니, 골목길을 뛰어 올라갔다.

"에잇! 재수가 없으려니."

남자는 시원의 가발을 냅다 던졌다. 다행히 반대 방향으로 비틀비틀 걸어갔다.

시원은 땅에 떨어진 가발을 주워서 머리에 썼다. 땅바닥에 떨어진 모자도 주워서 머리 위에 꾹 눌러썼다. 빈 통을 들고는 한숨을 푹 쉬었다.

⑪ 완전 반전! 힙합청년

"아휴, 어떡해."

시원은 땅바닥에 쏟아진 고양이 사료를 보고 망연자실했다. 이곳은 가로등이 칙칙한 데다 울퉁불퉁하고 턱이 진 계단 길이다. 흩어진 사료를 한 알 한 알 줍는 게 쉬운 일이 아니었다.

"두 군데 더 가야 하는데, 오늘은 안 되겠다. 미안하다, 냥이들아, 내일은 너희들 밥 먼저 줄게."

시원은 빈 통을 흔들며 발길을 돌렸다. 어디서 오는 향기일까. 달달한 향이 감도는 밤공기를 맞으며 시원은 터덜터덜 집 쪽으로 걸었다.

문득, 이상한 생각이 스쳤다.

'아까 그 아이가 혹시 스멜은…… 아닐까?'

겁을 잔뜩 먹고 바들바들 떨며 울먹이던 아이. 고개를 푹 숙이고 있는 데다 불빛이 어두워 얼굴을 보지 못했다. 느닷없이 왜 윤희수가 떠올랐을까. 시원은 고개를 내저었다.

"에이, 그럴 리가. 목소리도 아니었고."

윤희수. 걔는 말이 거의 없어서 목소리가 잘 기억나지 않았다. 얼굴도 마찬가지다. 밋밋하고 흐릿하게 생겼다. 윤희수의 눈, 코, 입이 어떻게 생겼었는지 떠오르지 않았다.

다만 한 가지. 윤희수한테서는 베이비파우더 향이 났다. 시원이 냄새에 민감하다고 해서인지, 그 아이는 파우더 향 핸드크림을 빠뜨리지 않고 발랐다.

시원은 그 향이 코끝에 스칠 때마다 신경이 곤두섰다. 승권이 생각났기 때문이다. 할머니는 승권을 목욕시키고 나면 온몸 구석구석을 베이비파우더를 톡톡 두드리며 허옇게 분칠했다. 시원은 윤희수에게서 그 향을 맡을 때마다 죽은 동생이 떠올랐다. 토악질이 올라올 정도로 역겨웠.

'방금 그 아이한테서도 같은 향이······.'

그때였다. 길 위쪽에서 웬 남자 목소리가 들렸다. 말소리가 리듬이 있어 보이는 것이 마치 랩을 하는 것 같았다.

"삶의 끝에서 후회하지 않게 나는 미친 듯이 달려! 미친 듯이 살어! 음악은 나를 치유해! 내 아픔들을 지우네."

시원은 가만히 서서 남자가 하는 랩에 귀를 기울였다. 남자가 혀를 어찌나 빨리 굴리는지 마치 프로 래퍼 느낌이 났다.

'누군지 랩 좀 하는데?'

빠른 템포에서도 또렷한 노랫말이 시원의 귀에 꽂혔다. 시원은 남자 목소리에 어딘지 모르게 절박함이나 간절함이 서려 있다는 생각이 들었다.

'저 노래 가사처럼 내 삶을 후회하지 않으려면 난 뭘 향해 달려야 하나. 무엇을 위해 미친 듯이 살아야 하지? 저 사람에게 음악은 치유도 해주고, 아픔도 지워준다는데. 나는 뭐지?'

시원은 가슴이 답답해 왔다. 낡아빠진 집들이 다닥다닥 붙어 있는 이 좁아터진 골목에서 빨리 벗어나고 싶었다. 허겁지겁 발길을 옮기다가 들고 있던 고양이 사료통을 놓쳤다. 통이 또르르 길 아래로 굴러갔다. 땅바닥 도드라진 돌부리에 부딪히며 통이 멈추었다.

그때, 시원의 등 뒤에서 후다닥 달려오는 발소리가 들렸다.

"자!"

웬 남자가 사료통을 주워 시원에게 내밀었다. 골목 위쪽에서 랩을 하던 남자 같았다. 시원은 고개를 숙인 채 머리만 까딱하는 것으로 고맙다는 표현을 했다.

"고맙다는 건지, 아니라는 건지?"

남자가 의아하다는 투로 물었다.

"아니, 누가 뭐 주워 달래요?"

시원이 새초롬하게 말했다.

"뭐라고? 나 좀 어이가 없네."

남자가 식식거리며 시원의 앞을 가로막았다.

시원은 심장이 철렁했다. 좀 전에 벌어진 상황이 재연되는 것 같았다. 이런 일이 하루에 두 번이나 일어나다니. 정말 재수가 없는 날이었다.

'이 자식 뭐야?'

시원은 일부러 세게 보이려고 눈에 힘을 주었다.

남자가 더 바짝 다가왔다. 시원은 한 손엔 휴대폰, 다른 손엔 플라스틱 통을 움켜쥐었다. 여차하면 이 인간의 머리통을 날려버릴 참이었다.

"비켜요!"

시원은 눈을 치뜨며 째려보았다.

"어라, 너였어…?"

남자가 싱겁게 웃으며 말을 잇지 못했다.

"언제 봤다고 예의 없게 반말이십니까?"

시원은 입술을 깨물며 휴대폰을 쥔 손에 힘을 더 꽉 주었다.

"하아, 도움을 준 사람에게 다짜고짜 비키라고 말한 사람은 얼마나 예의가 고품격이십니까?"

남자가 흐물흐물 웃으며 빈정거렸다.

"뭔 소리야? 누가 도와 달라고 했어?"

시원이 휴대폰을 휘두를 기세로 팔을 쳐들었다.

"워워, 그만하시죠. 시비 걸려고 한 건 아니니까. 떨어진 물건을 집어준 친절한 사람에게 이러시는 태도가 정말 고~~ 품격이십니다."

남자는 두 손을 번쩍 들면서, 항복한다는 듯 시원을 보았다.

시원은 그제야 남자를 자세히 봤다. 서글서글한 눈매를 가진 사람이었다.

"너 일부러 모르는 척하는 거냐?"

남자의 입꼬리가 비죽 올라갔다.

"무슨 소리하는 거야."

시원은 입술을 지그시 물며 우물거렸다.

"초면에 나한테 그, 뭐냐 미친 새…… 라며! 하아, 참."

남자의 말에 시원은 그제야 얼핏 생각이 났다.

"아, 옆집 담배 피우던 그 새…… ?"

시원은 손으로 입을 틀어막았다.

"이제 아셨나? 자, 그러면 이제 갈 길 갑시다."

남자는 어깨에서 흘러내린 가방을 고쳐 메며 시원을 향해 웃음을 날렸다. 그러고는 시원 앞에서 몇 걸음 앞서 걸었다. 시원은 주춤하다 순순히 남자 뒤를 따랐다.

남자는 머리에 비니를 썼고, 까만 조거팬츠에 화려한 무늬의 넉넉한 루즈핏 티셔츠를 입고 있었다. 한쪽 어깨엔 가방을 걸치고, 양손을 바지 주머니에 꽂은 채 터덜터덜 걸었다. 힙합 스타일이었다.

'고딩? 아님 아저씨인가?'

시원은 남자의 나이를 가늠할 수 없었다.

"캣맘 뭐 그런 거냐? 너 길고양이 밥 주는 거 몇 번 본 것 같은데."

남자가 시원을 돌아보며 빙그레 웃었다.

"아직 캣맘까지는 아니고. 그냥 뭐."

시원이 텅 빈 고양이 사료통을 흔들었다.

"그쪽은 래퍼야?"

"래퍼가 꿈이긴 하지."

남자는 한숨을 길게 내뱉었다. 어깨가 쑥 올라갔다 푹 꺼지는 걸 보니 고민이 큰 모양이었다.

"그래도 꿈이라도 있긴 하네."

"너는 꿈 없냐?"

"난 꿈 같은 거 안 키워."

"음, 그럴 수 있지."

남자가 고개를 끄덕이며 낮은 목소리로 말했다.

'나는 꿈이 뭘까? 할머니 죽이기, 엄마 고통 주기. 이런 걸 꿈이라고 해야 하나, 목표라고 해야 하나?'

시원은 코끝이 시큰했다. 씁쓸하고 마음 한구석이 아릿했다.

"그런데 고품격님, 아까부터 계속 반말이십니다."

남자가 시원을 내려다보며 웃었다.

"그쪽은 오빠일까요? 아님 아저씨이실까요?"

"아저씨라고? 내 참 기가 막혀서. 나는 청훈고 2학년, 주영재야."

"으흠, 고2밖에 안 됐어?"

"어휴, 정말 아저씨로 보이냐?"

"뭐 그렇게까진 아니고."

"그럼 고품격님은 프로필이 어떻게 되시나?"

"글쎄."

"비밀이다, 이거지?"

골목을 빠져나온 두 사람은 큰길 횡단보도를 건너 같은 방향으로 걸었다.

시원은 아까 느꼈던 두려움이 사라지고 조금이나마 안도하는 마음이 되었다. 슬쩍 주영재를 보았다. 왠지 모르게 듬직해 보였다.

시원의 마음과 달리 주영재는 집 가까이 올수록 어딘가 불안해 보였다. 일부러 걸음을 천천히 걷는 듯 흐느적거리기 시작했다.

'나처럼 집에 들어가기 싫은가?'

시원은 고개를 갸웃했다.

"잘 가라."

주영재가 대문 앞에 서자, 센서 등이 환하게 켜졌다.

"안녕."

시원은 천천히 걸어 집 대문 앞에 섰다. 반갑지 않은 센서 등이 반기는 척 환하게 불을 밝혔다. 벨을 누르기 전, 시원은 여전히 집에 들어가지 않은 채 서 있는 주영재를 보았다. 주영재의 행동은 아주 부산했다.

'뭐 하는 거지?'

시원이 대문 안으로 들어가는 척, 문 옆에 기대어 주영재를 지켜보았다. 환한 등 아래에서 주영재가 티셔츠와 바지를 훌렁훌렁 벗었다.

"뭐야! 변태였어?"

시원은 대문에 바짝 붙어 서서 두 손으로 눈을 가렸다. 잠시 후, 다시 보니 어느새 주영재는 말끔한 교복 차림이 되어 있었다. 그러고는 벗은 옷을 가방에 쑤셔 넣었다. 허물을 한 겹 벗은 모습은 어둠 속에서 또 다른 빛을 만들어냈다.

"완전 반전! 귀엽네, 저 오빠."

시원은 주영재를 바라보며 풋 웃음을 터뜨렸다.

비니를 벗고 머리를 한참 매만지던 주영재가 대문 안으로 들어갔다. 철커덕, 꽝! 대문 닫히는 소리가 났다.

시원도 집 안으로 들어갔다. 쥐 죽은 듯 조용했다. 누구 하나 반겨주는 사람 없는 곳, 집에서는 차가운 냉기가 흘렀다.

시원은 살금살금 2층으로 올라가 제 방에 들어갔다. 시원은 옆집 주영재 방이 보이는 쪽의 커튼을 젖히고 창문을 열었다.

역시!

주영재가 창틀에 걸터앉아 있었다. 불붙이지 않은 담배를 손에 끼운 채 빙글빙글 돌렸다.

"하이!"

주영재는 교복 차림으로 하얀 이를 드러내며 활짝 웃었다.

시원은 말없이 주영재를 보았다. 어둠 속이지만 주영재의 얼굴이 살짝 붉어진 것 같았다. 주영재는 머쓱한지 시선을 피했다.

"잘 자라."

"안녕."

시원이 손을 흔들며 먼저 창문을 닫았다. 주영재는 아직 그대로 있는 것 같았다. 아마 손에 든 담배를 피웠을지도 모르겠다.

"주영재……."

시원은 거울을 들여다보았다. 정수리 한가운데 머리카락이 움푹 빠져 만질만질한 피부가 보였다. 시원은 머리칼을 마구 흩트려 산발을 만들었다. 그래도 구멍이 감춰지지 않았다. 시원은 탈모 치료 연고를 푹 짜서 구멍 군데군데 펴 발랐다. 처음으로 탈모가 신경 쓰였다.

시원이 침대에 누웠다. 뜻밖의 얼굴이 아른거렸다.

"윤희수?"

아까 골목에서 마주친 아이가 정말 윤희수일까? 다시 한번 궁금해졌다.

'분명 베이비파우더 향이 코에 스쳤어. 하지만 그 향이 윤희수만의 트레이드마크는 아니잖아!'

시원은 윤희수가 자기 신경을 긁는, 몹시 불편한 아이라고 생각했다.

'걔는 어떻게 나한테 관심이 없을 수가 있지? 정말 오만하기 짝이 없어. 사람을 짜증 나게 만드는 기술도 갖고 있고 말이야. 정말 재수 없어!'

시원은 내일 또 보게 될 윤희수를 생각하니 한숨이 흘러나왔다. 몸을 자꾸 엎치락뒤치락했다.

⓬ 슬픔의 모양은 달라도

'천사가 나타났으니 망정이지.'

희수는 여전히 가슴이 쿵쿵 뛰고 다리가 후들거려 집까지 걸을 수가 없었다.

"현석아, 나…… 나 좀 데리러 와."

희수는 울음을 참으며 현석에게 부탁했다.

"너 목소리가 왜 그래!"

늦은 시간 희수의 울먹이는 목소리에 현석은 무척 놀란 것 같았다.

"까치마당으로 와, 지금."

"아, 그래! 알았어."

현석은 10분도 안 되어 나타날 것이다. 분명 죽어라고 뛰어올 테지. 현석이 곧 올 거라 생각하니, 희수의 쿵쾅거렸던 가슴이 차츰 진정되는 것 같았다.

현석은 희수가 어떠한 부탁이나 힘든 말을 해도 거절이라는 게 없었다. 짜증이나 면박을 주어도 인상조차 찌푸리지 않았다.

"저건 아주 희수 밥이야, 밥! 희수가 뭐라 하든 그저 헤헤. 우리 집에서 자식이라고는 이놈 하나밖에 없는데. 이놈은 그냥 간 쓸개 다 빼놓은 물통이라니까."

현석 엄마는 희수가 있든 없든 혀를 끌끌 차며 툴툴거렸다. 그것도 긴 한숨을 내뿜으면서 말이다. 이번에도 대문을 뛰쳐나가는 현석의 머리 뒤에 대고 못마땅해서 또 중얼거릴 것이다. 속없는 물통이 놈이라고 말이다.

희수는 까치마당까지 빠른 걸음으로 내달렸다. 골목길이 가팔라서 헉헉 숨이 차올랐다. 그때 어떤 남자의 목소리가 우렁우렁 들렸다. 마치 리듬을 타는 랩 소리 같았다. 희수가 발걸음을 멈칫하며 귀를 기울였다. 분명 까치마당 쪽에서 나는 소리였다.

"야, 어디쯤이야?"

희수는 현석에게 전화를 걸어 소곤댔다.

"신발 신고 있어."

"뭐야, 아직도 집이라고?"

"너랑 통화한 지 30초도 안 됐거든."

"몰라."

희수는 짜증 나서 톡 쏘았다. 휴대폰을 끊고 담벼락에 가만히 기대어 숨죽이고 서 있었다. 이상했다. 좀 전까지 들렸던 랩 소리가 들리지 않았다. 사방이 고요하고 적막했다. 희수는 더욱 불안했다.

그때 희수 쪽으로 다가오는 묵직한 발걸음 소리가 들렸다. 희수는 숨을 멈춘 채 가만히 서 있었다. 심장 소리가 골목 안을 쿵쿵 울리는 것 같았다.

비니를 쓰고 어깨에 가방을 걸친 남자가 아무렇지도 않게 희수 앞을 성큼성큼 지나갔다. 희수는 가슴을 쓸어내리며 안도의 숨을 크게 뱉었다.

키 큰 남자는 커브를 돌자마자 다시 랩을 읊기 시작했다. 남자도 희수가 신경이 쓰였나 보다.

"음악은 나를 치유해. 내 아픔들을 지우네."

남자가 부르는 랩 가사가 희수의 귀에 박혔다.
"어? 저거 내가 좋아하는 랩인데!"

"안 좋은 것들은 다 지우고 다시 기운 내."

희수는 남자가 부르는 랩을 웅얼웅얼 따라 하며 까치마당으로 발길을 옮겼다. 예전에도 마음이 복잡하고 힘들 때마다 〈독기〉라는 랩을 읊조렸다. 랩은 참 묘했다. 랩을 부르다 보면 신이 나면서 어느새 마음도 평온해졌다.

"싸우고 싸워도 으으음 난 독기를 품고 으으음……. 가사가 생각이 안 나네."

희수는 까치마당 벤치에 앉아 휴대폰으로 음악 앱을 열어 랩을 불렀다.

골목 위쪽에서 후다닥 다급한 발소리가 들렸다. 현석이었다.

"야!"

현석은 양 무릎에 손을 얹고는 헉헉 숨을 몰아쉬었다.

희수는 여전히 랩을 중얼거렸다.

"너 뭐야! 뭐가 그렇게 신나!"

현석은 다리가 풀린 듯 벤치에 털썩 주저앉았다.

"고마워, 현석아. 이럴 때 달려와 주는 건 너밖에 없다."

희수는 휴대폰 음악 앱을 닫으며 현석을 바라보았다.

"야! 정말 너무한 거 아니냐? 사람 단숨에 달려오게 만들어 놓고, 그러는 너는 멀쩡히 랩이나 부르고!"

현석은 입을 쩍 벌린 채 캑캑 숨을 몰아쉬었다.

"그럼 나한테 무슨 일이라도 생기길 바랐어?"

"그, 그건 아니지만. 정말 무슨 일이 난 줄 알았지."

현석이 입을 부루퉁하게 내밀며 대답했다.

"그런 말 하지 마. 아까는 정말 무서웠어. 웬 술 먹은 미친 사람이 나를 떡 가로막고……."

희수는 아까 벌어진 일을 주절주절 숨 가쁘게 내뱉었다.

⓬ 슬픔의 모양은 달라도

"그러니까 학원 차를 탔어야지! 넌 툭하면 안 타더라."

"내가 왜 안 탔겠어. 오죽했으면…….."

"또 걔네들이야? 아오!"

현석은 열 받는지 가슴을 콩콩 쳤다.

희수가 다니는 수학학원에 송명원, 차수림도 다니기 시작했다. 수학 레벨이 같지 않아 교실은 달랐다. 하지만 사는 동네가 비슷하다 보니 학원버스 노선이 같았다. 버스에 탄 시간은 고작 20여 분 남짓하지만, 희수는 그 시간이 무척 가시방석 같았다. 매번 주제는 다르지만, 화젯거리는 주로 샤넬 아니면 희수, 정확히 말하면 희수 엄마 이야기가 도마 위에 오르곤 했다.

오늘도 그랬다. 희수는 맨 뒷좌석에 앉자마자 귀에 이어폰을 꽂고, 희수가 좋아하는 랩을 들으며 눈을 감았다. 하지만 잠시 후, 누군가가 희수 얼굴 정통으로 과자봉지를 던졌다.

"아야!"

희수는 소리를 지르며 얼굴을 일그러뜨렸다. 질소가 빵빵하게 들어간 손바닥만 한 과자봉지가 희수 무릎에 툭 떨어져 있었다.

"누구야?"

희수는 귀에서 이어폰을 빼고는 날카로운 목소리로 두리번거렸다.

"너, 처드시라고요."

버스 앞쪽에 앉은 차수림이 히히거렸다.

"야!"

희수는 불쾌하고 화가 나서 견딜 수가 없었다.

"너네 엄마, 가인네 떡집 앞에서 가래떡 얻어먹더래. 꼬질꼬질한 손으로 갓 나온 말랑말랑한 가래떡을 입으로 쭉 잡아당기면서 아주아주 맛있게 잡수시고 있더라던데?"

차수림이 가래떡을 입에 물고 잡아당기며 먹는 시늉을 했다. 송명원이 웃기다고 맞장구치자, 버스 안 아이들도 낄낄거렸다.

"누구 얘기야?"

"우리 동네 바보 아줌마가 저 언니 엄마래."

"아, 쓰레기통 뒤지는 그……."

아이들이 수런대며 희수 엄마를 입에 올렸다.

"아저씨, 여기서 내릴게요."

희수는 학원버스에서 내렸다.

"너나 처먹어!"

버스에서 내리기 전에 차수림 얼굴로 과자봉지를 내던졌다. 차수림의 얼굴에 정통으로 맞았다.

"저년이!"

차수림의 포효가 등 뒤에서 들렸다.

"수림아, 누군 말을 못 해서 입 닫고 사는 줄 아니?"

희수는 구시렁대며 멀어지고 있는 학원 차를 째려봤다.

'맨날 술에 절어 폭력이나 일삼는 너네 아빠 때문에 얼마 전

엄마가 가출했다지.'

　희수는 얼마 전, 현석 엄마가 할머니에게 하는 말을 들었다. 할머니는 사람 약점이나 떳떳하지 못한 점을 가지고 흉보면 안 된다고 당부했다.

　희수는 집까지 걸어가기로 했다.

　'사실, 누구 탓할 필요도 없어. 그냥 이런 상황이 싫을 뿐이야. 내가 자꾸 엄마를 원망하게 되는 이 상황들이.'

　희수는 골목골목을 걷고 또 걸었다. 어느새 희수가 사는 북송마을의 맞은편 부자들이 산다는 동네까지 왔다. 담벼락이 하늘을 찌를 듯 높다란 집들은 정말 웅장했다.

　문득 숏컷트 아가씨 생각이 났다. 아가씨가 사는 궁전은 어디쯤일까. 희수 집 맞은편, 거의 일직선상이니까 먼저 희수네 집을 찾으면 될 거라 생각했다.

　"우아, 뭐야! 여기서 보니 뷰가 장난 아닌데?"

　보잘것없고, 형편없어 보였던 북송마을 집들이 멀리서 보니 꽤 근사해 보였다. 좁디좁은 골목을 타고 낮은 지붕들이 조르르 이어진 모습에 정취가 있었다. 이 집 저 집의 작은 불빛이 마치 크리스마스 등처럼 반짝거렸고, 바라만 보고 있어도 즐거웠다.

　그때 휴대폰 진동이 울렸다. 할머니일 것이다. 희수는 전화를 받지 않았다. 이 풍경을 조금 더 즐기고 싶었다. 하지만 발걸음은 어느새 집 쪽을 향하고 있었다.

희수는 하늘을 찌를 듯 높은 담벼락을 올려다보았다. 이쯤에 숏컷 아가씨가 살고 있으려나? 그 아가씨와 마주친다면 대번에 알아볼 수 있을 것 같았다. 꽤 오래 지켜봤으니까.

'왠지 눈빛만 봐도 마음이 통할 것만 같아.'

슬픔의 모양은 다르지만, 무게는 비슷하지 않을까. 희수는 그런 생각을 하며 북송마을 골목길로 들어섰다.

"그러니까 너네 할머니가 혼자선 절대 이 길로 다니지 말라고 하셨잖아."

"누가 술주정뱅이를 만날 줄 알았냐. 그래도 그 타이밍에 천사가 나타난 건 절묘하지 않니?"

"우리 희수가 엄청나게 착해서 천사가 도우셨나 보다."

현석이 허연 이를 드러내며 히죽 웃었다.

"비꼬지 말고!"

"아무튼 너 학원 버스 타고 다녀. 이 오빠 걱정 끼치지 말고."

"학원을 그만두는 편이 낫지 않을까?"

"야, 그런 애들 때문에 네 미래도 날려버릴래? 송명원, 차수림 같은 애들한테 지지 말라고."

현석은 주먹에 불끈 힘을 주며 말했다.

"고마워, 현석아."

희수가 진심으로 인사했다.

"필요하면 언제든 전화해. 콜?"

현석은 희수가 대문을 열고 들어가는 걸 보고야 발길을 돌렸다.

희수가 대문을 열고 마당으로 들어섰다. 할머니와 엄마가 평상에 앉지도 않은 채 서성이고 있었다.

"왜 전화를 안 받아. 시간이 몇 신데, 할미가 걱정하는 건 생각 안 하니?"

"미안해."

희수가 고개를 푹 숙이고 안으로 들어갔다.

"희수야, 꿀떡 먹어어."

엄마가 꿀떡을 오물거리며 알록달록 꿀떡이 담긴 접시를 희수 앞으로 내밀었다. 희수는 문득 아까 차수림이 하던 얘기가 떠올랐다.

"안 먹어."

"왜에, 너 꿀떡 좋아하잖아아. 가인떡집 맛있어어."

엄마가 떡 접시를 희수 얼굴 가까이에 들이댔다.

"떡 싫다고! 엄마가 거지야? 왜 남의 떡이나 얻어먹고그래. 제발 좀 그러지 마,"

희수가 엄마를 확 밀치자 엄마가 나동그라졌다. 꿀떡이 사방으로 흩어지자, 엄마가 마룻바닥을 기어다니며 떡을 주웠다.

"희수야!"

할머니가 눈을 부릅뜨고 엄하게 불렀다.

희수는 움찔했다. 할머니는 희수가 잘못하거나 버릇없이 굴어도 바로 야단치지 않았다. 그저 기다려주었다. 하지만 지금은 달랐다.

"죄송해요."

희수는 엄마에게는 사과하지 않고 후다닥 자기 방으로 쏙 들어갔다.

창문으로 까만 밤하늘이 보였다. 느닷없이 그 길에서 도움을 준 언니가 떠올랐다. 아까는 심장이 쪼그라든 듯 너무 무섭고 떨렸다. 그래서 고맙다는 인사를 제대로 못 했다.

'경찰에 신고할 거예요!'

그 언니는 어디서 그런 용기가 났을까. 언니에게 손이 잡혀서 안전한 곳으로 갔을 때 커다란 안도감이 느껴졌다. 언니는 무척 큰사람 같았다.

'그런 큰사람이 나 같은 상황이라면, 울 엄마 같은 사람이 엄마라면……'

왠지 그 언니라면 당당하게 모든 걸 받아들이고 악의 무리와 맞서 싸울 것 같았다.

"그래! 울 엄마 장애인이야. 그게 뭐 어때서? 우리 엄마 장애인인데 너희가 뭐 보태줬니? 정말 어이없어."

이렇게 말이다.

희수는 대범한 언니가 부러웠다. 언젠가 만나면 반드시 고맙다는 인사를 하리라!

언니는 찰랑찰랑 긴 머리에 모자를 쓰고 있었다. 그걸로 알아볼 수 없을지도 모른다. 하지만 언니에게서는 고급스러운 향기가 났다.

희수는 손목에 코를 갖다 대고 큼큼거렸다. 여전히 언니의 향이 묻어 있는 것만 같았다. 이런 향기를 다시 맡게 된다면, 그 언니라고 확신할 수 있지 않을까.

희수는 일어나 커튼을 닫았다. 오늘은 많은 일을 겪은 힘든 날이었다.

⓭ 아픈 기억이 마법처럼

　주영재는 그날 골목길에서 만난 뒤로 열흘이 넘도록 보이지 않았다.
　시원은 밤마다 커튼을 들추고 슬쩍슬쩍 옆집을 엿보았다. 주영재 방은 불이 꺼진 날도 환하게 빛나는 날도 있었다. 하지만 창문이 열리는 날은 없었다.
　시원이 매일 고양이 밥을 주러 다녀도 주영재와 한 번도 마주치는 일이 없었다. 고양이 밥 주는 시간을 당겨도 보고, 늦춰도 봤다. 혹시나 주영재를 만날까 하고. 하지만 마주치는 일이 없었다.
　'번호라도 받아 놓을걸.'
　휴대폰을 만지작거리던 시원은 침대에 휴대폰을 던졌다. 요즘 온 신경이 주영재에게 쏠려 있었다. 은근히 짜증이 났다.
　다음 날, 시원은 평소보다 일찍 일어났다. 식탁에 앉은 시원은 입맛이 없어서인지 밥을 깨작거렸다. 엄마는 그런 시원에게 잔소리를 했다.

"시원아, 밥 좀 팍팍 먹어."

시원이 대답하지 않았다.

"쌀 아깝다. 억지로 먹일 필요 없다."

할머니가 맞은편에서 통통거렸다.

"어차피 먹고 싶지도 않았어!"

시원은 눈을 치뜨고 할머니를 째려보았다.

"저거, 저거, 또박또박 말대꾸지!"

할머니가 소리쳤다.

그러거나 말거나 시원은 식식거리며 식탁에서 벗어났다. 정원을 가로질러 대문 밖으로 나왔다.

기사 아저씨가 기다렸다는 듯 자동차 문을 열어주었다. 시원은 몸을 부르르 떨며 차에 탔다. 아저씨가 룸미러로 시원을 흘깃 쳐다보자, 시원은 창밖으로 고개를 돌렸다.

파릇파릇했던 가로수들이 짙은 초록빛을 띠며 울창해져 있었다. 길가 느티나무 사이로 얼핏 주영재 모습이 스쳤다. 시원은 고개를 돌아보았다. 역시 주영재였다.

"야, 주영재!"

시원이 차창을 열고 소리 질렀다. 주영재는 잠깐 서서 두리번두리번하더니 가던 길을 재촉했다.

"아저씨, 차 세워요. 빨리!"

아저씨가 차를 멈추자 시원이 주영재를 향해 뛰었다.
"오빠!"
버스 정류장에는 사람들이 복작복작했다. 주영재가 정류장에 선 버스를 향해 다가갔다.
"야! 주영재!"
정차한 버스 문이 열리자, 주영재가 버스에 한 발을 딛고는 뒤를 흘깃 돌아봤다. 두리번거리더니 뒷사람에 밀려 버스 안으로 올라갔다.
"어우 짜증 나."
시원은 기운이 쭉 빠졌다. 순간 설렜던 기분마저 엉망이 되었다.
"얼른 타."
비상등을 켜고 주춤주춤 시원의 뒤를 따라오던 자동차 안에서 아저씨가 손짓했다.
"되는 일이 없네."
차에 올라탄 시원은 에어팟을 귀에 꽂았다. 휴대폰 앱을 열어 가장 시끄러운 음악을 고른 다음 소리를 크게 키웠다. 마음이 쉽게 가라앉지 않았다.
"주영재, 주영재."
시원은 혼잣말로 되뇌었다. 쩌렁쩌렁 울리는 힙합이 시원의 귀에 하나도 들어오지 않았다.

교실에 들어서자, 몇몇 아이들이 창가에 기대서서 웃으며 떠들고 있었다.

"샤네르, 안녕."

송명원이 시원에게 반가운 척을 했다.

시원은 눈살을 찌푸리며 자리에 가 앉았다. 귓속에선 여전히 힙합이 쿵쾅거렸다.

희수가 화장실을 다녀왔는지 자리에 앉자마자 핸드크림을 손에 발랐다. 베이비파우더 향이 은은하게 풍겼다. 시원은 지난번 골목길에서 마주쳤던 그 아이가 떠올랐다.

시원이 희수를 힐끗 쳐다보았다.

'그 아이였나? 그럴 리가!'

시원의 가슴이 두근거렸다.

'날 못 알아봤을 거야. 그리고 그 앤 나한테 언니라고 했잖아?'

시원은 다시 희수를 쳐다봤다.

웬일로 희수가 몸을 틀더니 대놓고 시원을 보았다. 둘은 눈을 마주친 채 서로를 빤히 쳐다보았다.

시원은 귀에 꽂고 있던 오른쪽 에어팟을 뺐다.

"왜? 또 무슨 트집을 잡으시려고? 오늘도 내 몸에서 냄새나니?"

희수가 얼굴을 일그러뜨리며 비꼬는 투로 말했다.

"어! 너한테 나는 냄새 때문에 토 나올 것 같아. 진짜 역겨워."

시원은 또 그렇게 말해버리고 말았다. 희수의 베이비파우더 향을 맡으면 속이 메슥메슥하면서 구역질이 나는 건 사실이었다. 그 향을 맡으면 "우리 장손, 우리 장손!" 승권을 향해 노래 부르던 할머니가 생각났으니까. 목욕을 시킨 뒤 승권의 몸 구석구석에 베이비파우더를 잔뜩 발라 주던 모습이 선하다. 할머니는 승권의 기저귀를 채우기 전 축 늘어진 고추를 들여다보며 흐뭇한 미소를 지었다.

할머니는 승권에게 정성을 기울여 쏟은 사랑과 애틋한 그리움만큼 증오와 혐오, 경멸, 온갖 미움의 화살이 시원에게 꽂힐 수밖에 없었다.

시원이도 승권이가 보고 싶고 무척 그리웠다. 하지만 승권을 떠올리면 자신을 싸늘하게 보던 할머니 얼굴도 생각났다. 이 모든 것을 잊고 싶고, 영원히 떠오르지 않았으면 했지만, 베이비파우더 향을 맡으면 온몸의 세포 하나하나에서 또다시 그 기억이 선연히 살아났다.

"너한테서 나는 냄새, 그 냄새 진짜 구역질 난다고!"

시원이 발딱 일어나서 소리를 질렀다. 왼쪽 귀에 꽂고 있던 에어팟이 또르르 바닥으로 굴러떨어졌다.

"그놈의 냄새, 냄새! 넌 지겹지도 않니?"

희수는 얼굴이 벌게진 채 눈을 부릅떴다.

"뭐라고? 똑바로 말해! 내가 없는 말 하니?"

시원이 고개를 빳빳이 들고는 달려들었다.

"또 왜 저래?"

"얘한테서 냄새난다잖아."

"아휴, 오늘도 또 지랄들이네?"

수군대며 낄낄거리는 아이들의 비웃음과 조롱이 번졌다.

"넌 진짜 사악해. 정말 못돼 처먹었어!"

희수도 자리에서 일어나 발을 굴렀다. 바닥에 떨어진 시원의 에어팟 한쪽이 희수의 발에 밟혔다. 희수는 치밀어오르는 화를 참지 못한 채 발뒤꿈치로 에어팟을 짓이겼다. 밟고 또 밟으며 짓뭉갰다. 시원의 하얀 에어팟은 내장이 터져 나온 버러지마냥 참혹하게 부서졌다.

"오, 개박살! 어쩔?"

시원이 바스러진 에어팟을 주워 들고는 희수 눈앞에 내밀었다.

"이거 어떻게 생각해?"

시원은 긴 머리카락을 어깨 뒤로 넘기며 희수 코앞까지 얼굴을 바짝 디밀었다.

"네가 해결해야 할 것 같은데?"

시원이 히죽 웃으며 다그쳤다.

희수는 눈자위가 점점 붉어지면서 눈꺼풀을 파르르 떨었다.

"방금 네가 뱉은 말 취소해, 그럼 내가 용서라는 걸 해줄게. 얼른!"

시원이 복화술 하듯 말했다.

희수는 말없이 가만있었다.

"뭐꼬? 뭐가 이래 시끄럽노?"

담임이 놀란 눈을 하며 들어왔다.

시원이 자리에 앉으며, 그 에어팟을 희수 책상 위에 툭 던져 놓았다. 희수는 에어팟을 물끄러미 바라보다가 주머니에 넣었다.

수업이 시작되자, 시원은 이 모든 일이 시시하게 느껴졌다. 냄새 따위, 에어팟 따위, 이런 구질구질한 짝꿍 따위.

시원은 시선을 돌려 창밖을 보았다. 환한 햇살을 보니, 갑자기 윤미영 아줌마가 떠올랐다. 아줌마는 시원을 보기만 하면 세상에서 제일 환한 웃음을 지으며 안아주었다.

'오늘따라 아줌마가 더 생각나네.'

미영 아줌마만 생각하면 뾰족했던 마음들이 뭉툭해졌다.

시원은 아줌마를 만나고 싶을 때마다 까치마당을 찾아갔다. 아줌마가 까치마당에 오는 시간은 정해져 있었다. 낮에 한번, 저녁 해 떨어지기 전이나 늦은 밤에 한 번, 고양이 밥을 주러 다닌다. 아줌마는 동네를 돌아다니며 이상한 물건들을 잔뜩 주워서 까치마당으로 왔다. 벤치에 보물이라고 하면서 펼쳐놓고는 한참을 시원에게 자랑했다.

아줌마는 노래 부르는 것도 좋아한다. 몇 안 되는 레퍼토리지만 같은 걸 반복해서 부른다. 아줌마 노래를 듣고 있으면 시원은 마음이 평온해졌다. 그래서 시원은 아줌마를 만날 때마다 에어팟을 하나씩 나눠 귀에 꽂고 노래를 들었다.

"바람이 불어오는 곳 그곳으로 가네. 그대의 머릿결 같은···"

맑고 고운 아줌마의 청아한 목소리는 어린 시절 시원이 좋아했던 솜사탕 같은 마법이 있다. 가슴 깊숙이 숨겨두고 간직해왔던 비밀스럽고 아픈 기억이 마법처럼 열린다. 죽고 싶은 마음이 사라진다. 누군가를 할퀴고 물어뜯고 싶은 마음도 없어진다. 할머니마저 감싸안고 싶은 푸근하고 따뜻한 마음이 솟아난다.

수업이 끝나자마자 시원은 교문을 나섰다. 뒤에서 희수가 부르는 소리가 들렸지만 무시했다. 오늘은 누구와도 더 이상 말을 섞고 싶지 않았다.

아줌마를 만나러 갈 거다. 아줌마는 분명히 까치마당에서 보물을 만지작거리면서 노래를 부르고 있을 거다. 시원은 발걸음을 재촉했다.

⓮ 내 친구 덤보

희수는 주머니에 손을 넣어 부서진 에어팟을 만지작거렸다. 이걸 약점 삼아 달달 볶아댈 샤네르를 생각하니 숨통이 조여왔다.

희수는 힘없이 침대에 걸터앉았다.

'개박살! 어쩔?'

입꼬리를 한껏 올리며 비웃던 샤네르 얼굴이 떠올랐다. 기분 나빴다.

'새 걸로 사주면 될 거 아냐. 그러면 입도 뻥긋 못 하겠지?'

희수는 주머니에서 에어팟을 꺼내어 살펴보았다.

귀에 꽂는 부분에 'One'이라고 쓰여 있었다. 알파벳 옆으로는 깨알처럼 나비 한 마리가 보일 듯 말 듯 그려져 있었다. 에어팟에 각인까지 새긴 걸 보니, 샤네르의 애정이 느껴졌다. 수업 시간 외에 늘 귀에 꽂고 있었으니 애용한 것도 사실이다.

희수는 인터넷을 열어 해당 에어팟을 파는 사이트에 들어가 검색했다. 샤네르 것과 똑같은 이어폰을 찾았다.

"왜 이렇게 비싸!"

희수는 의자에서 벌떡 일어났다.

'어떡하지? 미치겠네.'

희수는 뱅킹 앱을 열어 자신의 계좌를 확인했다. 16만 4천 원. 이걸 사기엔 턱없이 부족한 금액이었다. 손을 뻗어 돼지저금통을 들고 흔들었다. 땡그랑땡그랑, 동전 소리가 요란하게 들렸다. 희수는 현석에게 톡을 보냈다.

"너 돈 좀 있니?"

"얼마?"

"20."

"엥? 그걸로 뭐하게?"

"있다는?"

"당근."

"5분 후 만남 가능?"

"엄청 급?"

"ㅇㅇ"

희수는 얼른 옷을 갈아입고 지갑 속 체크카드를 확인한 후, 에어팟을 집어 들었다. 현석의 집 앞에서 기다렸다. 약속 시간이 10분이나 지났는데도 현석은 감감했다.

희수가 톡을 보낼까 전화를 할까 망설이며 휴대폰을 만지작거렸다.

"미안, 미안."

소란을 떨며 헐레벌떡 뛰어나올 줄 알았던 현석은 바지 주머니에 양손을 찔러 넣고 느긋하게 걸어 나왔다.

"18분이나 지났다."

희수가 눈을 가느스름하게 뜨고 현석을 흘겨보았다.

"그러게."

현석이 고개를 숙인 채 몸을 꺼떡거렸다.

"뭔 일 있어?"

희수는 어깨가 축 처진 현석이 찌뿌둥해 보였다.

"아빠가 집에 계셔. 근데 몸이 별로야."

"그러면 명동 못 가겠네?"

"웬 명동?"

"사실은……."

희수가 샤네르와의 일을 털어놓으며 부서진 에어팟을 꺼내 보였다.

"와, 윤희수, 너 대단하다. 그렇다고 이걸 이렇게 만들어버리다니. 그동안 쌓였던 한을 독하게 아니 아주 비싸게 풀었네."

현석이 에어팟을 살피며 고개를 절레절레 흔들었다.

"엄청 후회하고 있어."

희수는 동네가 날아갈 듯 한숨을 뱉었다.

"나도 정말 갖고 싶은 건데. 우리한텐 이거 갖는 게 소원 아니니? 기다란 줄 이어폰 말고, 딱 이 하얀 무선 이어폰 말이야."

"뭐, 애들이면 다 이거 갖고 싶어 하지. 폼 나니까."

희수가 다시 한번 큰 한숨을 쉬었다.

"돈은 빌려줄 수 있는 거지?"

"설마, 너 이거 사려는 거였어?"

"내가 망가뜨렸으니까 책임져야지."

"그러면 혹시 20이 20만 원이었던 거야?"

현석이 어이없다는 듯 난처한 표정을 지었다.

"당연하지."

"난 네가 장난하는 줄 알았지. 야, 내가 그렇게 큰돈이 어디 있냐."

"아흐, 미치겠네."

희수가 얼굴을 일그러뜨리며 발을 동동 굴렀다.

"잠깐, 생각이라는 걸 좀 해보자."

현석이 바지 주머니에 양손을 찔러 넣고 허공을 바라봤다.

"중고마켓에 똑같은 거 있을지도 몰라. 가끔 한쪽만 팔기도 하더라."

"샤네르한테 중고를 사주라고?"

"아니, 생각해 봐. 걔가 사용하고 있었던 거잖아. 게다가 한쪽만 망가뜨린 거고. 너만 보면 못 잡아먹어서 안달하는 애한테 새 걸로, 그것도 양쪽을 다! 왜! 사 줘야 하는 건데?"

듣고 보니, 현석의 말도 일리가 있었다. 희수가 부서뜨린 건 분명 한쪽이었으니까.

현석은 벌써 중고마켓 플랫폼을 열어 피드를 스크롤하며 물건이 있는지 확인하고 있었다.

"우와, 좋은 거 많이 올라왔네. 이 전기자전거 맘에 든다."

현석이 입을 헤벌리고 눈을 반짝거렸다.

"야, 이어폰을 찾으라고, 무선이어폰!"

희수가 코끼리 덩치만 한 현석 등을 팡팡 내리쳤다.

"아파. 알았어, 알았다고."

현석이 히물히물 웃으면서 저만치 도망쳤다.

"희수, 너, 울 아들이 물통이라고 이젠 애한테 폭력까지 써?"

길 아래서 현석 엄마가 눈을 동그랗게 뜨고 서 있었다.

"앗, 아줌마, 안녕하세요?"

희수가 헤실헤실 웃으며 민망한 표정으로 인사했다.

"희수, 너 너무 그라지 마라. 현석이 우리 집안 귀한 아들이야."

"어, 엄마, 언제 왔어? 벌써 호떡 다 팔았어?"

현석이 커다란 덩치를 흔들며 엄마 앞으로 잽싸게 튀어갔다.

"아빠 몸이 안 좋대. 목소리가 다 죽어가더라."

현석 엄마가 한숨을 길게 내쉬며 대문을 열었다.

"아줌마, 들어가세요."

희수가 허리 굽혀 인사했다.

"그래. 우리 희수는 언제 봐도 예뻐. 그래도 울 아들한테 폭력은 안 된다, 알았지?"

아줌마가 희수에게 웃어 보이며 집 안으로 들어갔다.

희수는 걱정스러운 얼굴로 현석에게 아저씨 많이 편찮으시냐고 물었다. 몇 달째 밤낮 안 가리고 야근하다 보니 몸에 무리가 온 것 같다고 현석이 말하며 "울 아빠 불쌍해. 너무 고생하는 것 같아." 걱정하며 마음 아파했다.

그때였다. 대문 안에서 현석 엄마의 급한 목소리가 들렸다.

"현석아!"

"네!"

현석이 안으로 뛰어 들어가자, 희수도 냉큼 뒤따라 들어갔다.

"느이 아빠 몸이 불덩이야. 몸살 약 좀 지어와야겠다."

현석 엄마가 한숨을 쉬며 지갑에서 카드를 꺼냈다.

"아빠, 괜찮아? 많이 아파?"

현석이 이불을 살며시 들추었다. 현석 아빠가 몸을 구부정하게 구부린 채 깊이 잠들어 있었다. 누가 봐도 피곤에 지친 모습이었다.

현석 아빠의 간간이 거친 숨소리와 신음 섞인 앓는 소리가 희수는 마음이 아렸다.

"엄마, 병원 모시고 가자."

현석은 금세 눈자위가 붉어지더니 울 것 같은 표정이었다.

"술병이야, 술병. 약 먹고 한숨 푹 자고 일어나면 괜찮아."

현석 엄마가 현석의 손에 카드를 쥐여주며 퉁명스럽게 말했다.

"병원 가자, 엄마."

현석의 눈에 눈물이 그렁그렁했다.

"퍼뜩 약국이나 갔다 와."

현석 엄마는 미간을 한껏 찌푸리며 짜증을 냈다.

"울 아빠 저 정도로 아프면 병원 가야 하는 거 아니니?"

현석이 운동화를 신으며 구시렁거렸다.

"안녕히 계세요, 아줌마."

"그래, 그래 어서 가봐라. 사는 게 왜 이렇게 힘드냐, 희수야. 나는 몸뚱이가 죽겠어도 아픈 척도 못 하고 산다."

현석 엄마가 애써 웃어 보였다. 희수는 어쩔 줄 몰라 옅은 미소로 답했다.

희수는 대문을 나서자마자 현석과 바로 헤어졌다. 희수는 그제야 잠시 잊었던 에어팟 걱정이 몰려왔다. '아, 어떡하지.' 희수는 답답했다. 에어팟을 만지작거리다 무심코 뒤를 돌아보았다. 저 멀리 현석이 보였다. 커다란 덩치의 현석이 어깨를 축 떨어뜨리고 터덜터덜 걸어가고 있었다. 온 세상 걱정거리를 다 짊어진 것 같았다. 희수는 현석의 뒷모습을 물끄러미 바라보았다.

현석은 희수의 든든한 친구였다. 희수와 희로애락을 함께 나눈 지 벌써 십여 년이었다. 언제나 곁에서 희수를 지켜주고 달래주었다. 누구보다 희수를 웃게 만든 친구, 현석이었다.

"야! 같이 가."

희수가 갑자기 현석에게 달려갔다. 숨을 헉헉거리며 현석의 팔을 잡았다. 현석은 깜짝 놀라 눈이 휘둥그레졌다.

"어? 웬일이야?"

현석의 붉어진 눈이 반짝였다. 촉촉한 걸 보니 운 모양이었다.

"천하의 현석이 어깨가 왜 이렇게 축 처져 있냐."

희수는 현석의 등을 팡팡 내리쳤다.

"왜 왔어?"

"너랑 약국 같이 가려고."

"사실 나 지금 엄청 울 엄마 원망하고 있었거든."

"그래?"

"우리 아빠 저 정도로 많이 아픈 거 처음이야. 아파 죽어가는 사람한테 술병이 뭐니! 우리 엄마 정말 이상하지 않니? 아빠가 일 끝나고 동료들하고 술 한잔하는 걸 저렇게 못마땅해하는 거야. 일 끝났으면 빨리 안 들어오고 술이나 마시고 돌아다닌다고 맨날 바가지 긁더라니까."

현석은 화가 많이 났는지 숨도 안 쉬고 툴툴거렸다.

"아줌마 입장에선 그럴 수 있지."

"너도 여자라서 울 엄마 편을 드는 거야?"

"유치하긴."

"우리 엄마 고생하는 거 누가 모르나? 그래도 아빠한테 그럴 때면 내가 다 속상하더라. 내가 엄마, 아빠한테 뭐 큰 거 바라는 줄 알아? 제발 두 사람 사이가 좋았으면 원이 없겠다."

"아줌마, 아저씨 정도면 알콩달콩 잘 지내시는 거 아니야?"

"말도 마. 얼마나 싸우는지 징글징글하다. 세상에 부모가 자식 속 썩이는 집은 우리 집밖에 없을 거야."

현석의 말소리가 점점 높았다. 희수는 밝은 현석의 목소리를 들으니 화가 풀리는 것 같아 웃음이 났다.

'현석아, 나는 그런 엄마, 아빠 있는 네가 얼마나 부러운 줄 알아?'

희수는 이 말을 입 밖으로 내놓지 않았다.

"중간에서 네가 정말 힘들겠다야."

오늘은 현석의 편이 되어주고 싶었다.

⑮ 샤네르, 샤네르!

희수는 학교 다니는 게 죽을 맛이었다. 에어팟 사건이 있고 나서 일주일이 지나도 샤네르는 아무 말이 없었다. 희수에게 어떠한 요구도, 어떠한 내색조차도 하지 않았다. 차라리 평소처럼 난리를 쳤으면 좋으련만, 샤네르는 매우 잔잔했다.

희수는 에어팟 문제를 해결하지 못하는 자신이 초라했다. 샤네르의 눈길을 피하려다 보니 몸이 자꾸만 움츠러들었다. 숨소리조차 내지 못한 채 쥐 죽은 듯 지냈다.

희수는 매일 불안에 시달리며 가슴을 졸였다. 깊이 잠들지도 못했다. 할 수 없이 자리에서 일어나 밤하늘을 보며 밤을 지새웠다.

'방금 네가 뱉은 말 취소해, 그럼 내가 용서라는 걸 해줄게. 얼른!'

그날 샤네르는 낮은 목소리로 희수에게 그렇게 말했다. 아마도 사악하고 못됐다고 한 것에 대해 말한 것이리라. 기회가 된다면 희수는 그때 했던 말을 취소하고 싶었다. 하지만 생각과 달리 입이 떨어지지 않았다. 샤네르를 보면 가슴부터 벌렁거렸다. 수업이 끝나자마자 희수는 사과하려고 샤네르를 불렀으나 싸늘한 샤네르의 뒷모습을 보곤 입이 다물어졌다. 희수는 도망치듯 교실을 빠져나왔다. 샤네르는 물론 누구의 눈에도 띄고 싶지 않았다.

"야, 윤희수!"

언제 따라 나왔는지 송명원이 뒤에서 소리쳤다. 희수는 못 들은 척했지만, 송명원이 길을 막았다.

"샤네르 이거 어떻게 됐냐?"

송명원이 제 귓구멍을 톡톡 치며 껄렁거렸다. 희수가 아무 말도 못 하자, 송명원이 히죽 웃었다.

"어물쩍 넘어갈 생각하지도 마. 샤네르 걔가 어떤 앤데. 아마 복수의 칼날을 갈고 있을 거야."

"너도 참! 발로 밟아 뭉갤 게 따로 있지. 그 비싼 걸 왜 뭉개니? 윤희수, 배짱 한번 좋아? 자기가 무슨 재벌 3세라도 되는 줄 아나 봐."

언제 왔는지, 옆에서 차수림이 빈정거렸다.

희수는 고개를 푹 떨군 채 운동화 끝만 내려다봤다.

"야! 다 너 걱정돼서 하는 말이야, 알지?"

차수림이 손가락으로 희수 이마를 콕콕 찍었다. 희수는 그런 차수림의 손길을 '탁' 치고는 제 갈 길을 갔다.

"우리 희수, 무슨 고민 있니? 좋아하는 꽃게탕도 안 먹고."
할머니가 혀를 차면서 희수 안색을 살폈다.
희수는 밥을 대충 먹고 방에 들어와 침대에 누웠다. 아무것도 먹고 싶지 않았고, 아무 일도 하고 싶지 않았다. 다 귀찮았다. 몸속 기운이 세포를 타고 스멀스멀 기어 나와 멀리 달아나는 것 같았다. 희수는 이대로 먼지처럼 연기처럼 사라져 버렸으면 좋겠다고 생각하며 눈을 감았다.
"대체 왜 그러니, 희수야?"
할머니가 희수 침대에 걸터앉으며 물었다.
희수는 몸을 틀어 벽을 향해 돌아누웠다.
'에어팟 때문이라고 어떻게 말하냐고요!'
희수는 속으로 외쳤다. 예리한 칼날이 "에어팟! 에어팟!" 하며 신경을 콕콕 쑤시는 것 같았다. 머릿속에서 떠나질 않는 그놈의 에어팟!
할머니는 더 묻지 않고 한숨을 푹 쉬며 방을 나갔다.
희수는 어떻게 하면 좋을지 다시 고민했다.
'이제라도 사과하는 게 맞을까? 넌 사악하지 않다고 말하면 되지 않나?'
희수는 이런 자신이 한심하고 너절해 보였다. 자신을 지탱해 주는 삶의 지표가 무엇인지, 도대체 왜, 무엇 때문에 살아야 하는지. 구질구질한 자기 삶이 더 이상 미래도 희망도 없어 보였다.

샤네르를 떠올렸다.

'그나저나 그 아이는 왜 사람 불안하게 에어팟 얘기를 안 하는 걸까. 분명 그 성격이면 몇 번이나 괴롭히고도 남았을 텐데.'

이런 식으로 숨통을 조여서 말라 죽이려는 걸까. 하찮은 인간 같은 것들하곤 상종을 안 할 테니 먹고 떨어지라는 걸까.

희수는 샤네르에 관해 곰곰이 생각해 봤다.

샤네르는 아이들이 좋아할 만한 모든 걸 갖고 있었다. 명품 가방, 옷, 화장품 그리고 화려한 외모와 집안 배경까지. 그러면서도 아이들 누구나 하는 SNS는 하지 않았다.

"샤네르, 넌 왜 SNS를 안 해? 하면 진작 셀러브리티가 됐을 텐데."

애들이 물어봤지만, 샤네르는 "관심 없어!"라고 짧게 말할 뿐이었다. 그러면서도 또 애들이 좋아할 만한 것들을 학교에 가지고 와서 은근히 자랑했다. 아니, 자랑한 게 아니었나? 샤네르는 그런 물건을 사용하는 것뿐이고, 관심을 가지고 난리 친 건 애들이었던가?

'나도 어쩌면 편견을 가지고 본 건 아니었을까?'

희수는 샤네르가 무슨 생각으로 학교에 오가는지 몰랐다. 왜 자신에게 자꾸 냄새가 난다고 하는지도 이해하지 못했다. 가만있다가 갑자기 화를 참지 못하는 이유는 또 뭘까.

'샤네르, 걘 도대체 어떤 애일까? 그 애한테도 뭔가 말 못 할 사

정이 있어서 그처럼 괴팍해진 걸까? 그 애도 결핍이란 게 있을까?'

처음으로 샤네르가 궁금해졌다.

그때, 집 안으로 들어온 엄마가 할머니를 부르는 소리가 났다.

"어머니, 어머니!"

엄마의 다급한 소리에 희수가 귀를 기울였다.

"어머니, 돈 좀 주십시오, 돈요!"

'돈! 돈이라고?'

희수는 엄마가 왜 갑자기 돈타령을 하는지, 돈이라는 말에 온 신경이 쏠렸다. 문을 열고 슬며시 거실로 나갔다.

"미영아, 나갔다 왔으면 손부터 씻으라고 몇 번을 말해."

할머니가 잔소리했다.

"어머니, 저는 돈이 필요합니다아."

엄마가 거실에 턱 버티고 서서 말했다. 돈을 안 주면 꿈쩍도 안 할 기세였다.

"갑자기 돈은 왜?"

할머니가 묻자, 엄마가 말이 통한다고 생각했는지 입을 열었다.

"돈이 필요하다니까요."

그러고는 거실 한편에 서 있는 희수를 발견하고 싱긋 웃었다.

"희수야아, 저녁 먹었어어?"

희수는 고개를 끄덕이며 엄마를 보았다. 엄마 귀에 웬 하얀 물건이 꽂혀 있었다.

"엄마, 귀에 꽂은 그거 뭐야?"

희수가 엄마에게 다가가며 물었다. 엄마의 오른쪽 귀에는 하얀색 무선 이어폰이 꽂혀 있었다.

"아아, 이거? 되게 좋은 거야. 볼래애?"

엄마가 귀에서 뺀 이어폰을 희수에게 내밀었다. 희수가 이어폰을 받으려고 손을 내밀자 엄마는 손바닥을 다시 반으로 접었다.

"안 되겠다아."

엄마가 이어폰을 뒤로 얼른 감췄다.

"왜?"

희수가 당황해 물었다.

"또 버릴 거지이? 넌 맨날 내 보물 다 버리잖아."

엄마가 아랫입술을 내밀고 심드렁하게 말했다.

"내가 왜 버려! 안 버려, 안 버릴게."

희수가 애원하듯 엄마 손목을 잡고 손가락을 펼치려 했다. 엄마의 손아귀 힘이 얼마나 센지 손바닥이 펴지지 않았다.

"그럼 보기만 할게. 응?"

"싫어!"

엄마가 눈썹을 모으고 사나운 얼굴을 했다.

"미안. 안 그럴게."

"너는 내 보물을 다 쓰레기라고 했지이. 내가 바보야아? 쓰레기하고 보물도 구별 못 하게?"

엄마가 식식거리자 희수는 쿡 웃음이 났다.

"거봐. 또 웃잖아아. 너는 맨날 나를 바보로 알아. 치, 기분 나빠아!"

엄마가 희수를 등지고 돌아섰다.

"엄마, 미안. 다신 안 그래."

희수가 엄마의 등 뒤에 안기며, 간지럼을 태웠다.

"히히히 간지러워, 진짜지이?"

희수는 엄마와 새끼손가락을 걸었다. 엄지로 도장 찍고, 손바닥에 사인과 복사까지 했다.

"자!"

엄마가 활짝 웃으며 주먹 쥔 손을 쫙 폈쳤다. 울퉁불퉁 굳은살이 박인 엄마 손바닥에 탱글탱글한 하얀색 에어팟이 놓여 있었다. Right, 오른쪽 이어폰이었다. 희수는 심장이 철렁했다.

"이거 귀에 꽂고 노래 듣는 거야아."

엄마가 코를 벌름거리며 설명했다.

"그렇구나."

희수가 에어팟을 건네받았다. 귀에 꽂는 부분에 각인된 One과 깨알 같은 나비 그림이 눈에 들어왔다. 분명 샤네르! 이시원 거였다.

'어떻게 이 이어폰이 엄마 손에 있는 걸까?'

희수는 가슴이 벌렁벌렁했다.

"이렇게 귀에 꽂아야 노래가 나오지이."
엄마가 희수 귀에 에어팟을 꽂아주었다.
"쿵쿵. 멋지게 노래가 나오지이?"
희수는 얼빠진 표정으로 고개를 주억거렸다.
"이거 어디서 났어? 주운 거야?"
"아니이. 친구, 내 친구가 줬지이."
엄마가 도로 에어팟을 빼앗더니 자기 귀에 꽂았다. 그러고는 기분 좋은 목소리로 노래를 흥얼거렸다.

어느 날부터 엄마는 친구 얘기를 하기 시작했다. 친구! 라고 할 때마다 얼굴에 웃음이 가득했다. 엄마가 친구라는 사람을 정말 좋아한다는 게 느껴졌다.
'그렇다면 그 친구도 엄마에게 다정하고 친절하단 얘기겠지?'
희수는 엄마의 친구가 누군지 모르지만, 엄마처럼 따뜻한 사람일 거라고 생각했다. 동시에 엄마와 사정이 비슷하거나 장애가 있는 사람이라고 확신했다. 그렇지 않고서는 엄마에게 친절하기란 쉽지 않을 것 같았다. 가족인 희수마저도 엄마가 더럽다며 소리치기 일쑤였다. 비장애인인 사람이 엄마를 살뜰히 챙길 리 없었다.
'그러니까 샤네르 같은 애가 엄마의 친구일 리는 1도 없어!'
희수는 '설마?'에 대해 고개를 저어 단호하게 부정했다. 그렇다면 엄마는 어떻게 샤네르의 에어팟 한쪽을 갖게 된 것일까?

"어머니, 돈 좀 주세요. 빨리요!"
엄마가 다시 할머니를 졸랐다.
"아휴, 돈이 왜 필요한데?"
할머니가 마지못해 물었다.
"냥이 밥 사야 합니다아."
엄마의 말에 그제야 할머니가 고개를 끄덕였다.
"아, 길고양이 사료가 떨어졌구나. 나도 같이 갈까?"
"아닙니다. 친구랑 갈 겁니다. 돈 주세요, 돈이요."
"알았어. 얼마였더라?"
"이만 사천 원입니다."
"그래그래, 지갑이 어디 있더라."
할머니가 중얼거리며 주방 서랍을 뒤지는 소리가 났다.
"엄마! 나도 같이 가. 내가 사줄게."
희수가 회색 후드 옷을 걸치며 엄마 뒤를 따랐다.
"정말이야? 네가 사줄 거야아?"
"사준다니까."
"어머니, 희수가 고양이 밥 사준대요오."
엄마가 소리를 지르며 휴대폰 줄을 목걸이처럼 목에 걸었다.
"우리 희수 잘 생각했다. 나가서 바람도 좀 쐬고 와."
할머니가 환하게 웃었다.
"네 엄마 친구가 어떤 사람인지도 보고. 요즘 너무 빠져 있어."

할머니가 엄마 눈치를 보면서 희수에게 귓속말을 했다.

"까치마당으로 갑시다아!"

엄마가 신발을 신으며 큰소리로 말했다.

까치마당이 가까워질수록 희수의 가슴이 콩콩 뛰었다.

'만에 하나, 진짜로 샤네르라면 어떡하지?'

희수는 숨을 크게 내쉬었다. 절대로 차분하고 담담할 수 없을 것 같았다.

'어휴, 말도 안 돼. 그 잘난 애가 왜 우리 엄마랑 친구하겠어.'

'타다다다'

까치마당이 가까워지자 엄마가 뛰어 내려가기 시작했다.

"엄마!"

엄마를 급히 쫓아가던 희수가 걸음을 멈추었다. 천천히 숨을 고르고 나서 까치마당 쪽으로 발길을 옮겼다.

가까이 갈수록 헤헤거리는 특유한 엄마 웃음소리가 들렸다. 웅얼웅얼 알아들을 수 없는 여자 목소리도 들려왔다. 희수는 온 신경을 집중했다.

'그냥 집에 갈까?'

엄마의 친구가 누군지 알아보고 싶은 마음, 그리고 싶지 않은 마음이 교차했다. 그래도 여기까지 따라온 이상 확인해야겠지. 천천히 한 걸음씩 발걸음을 내디뎠다.

까치마당 너른 터에 야구 모자를 푹 눌러쓴 짧은 머리 여자의 뒷모습이 보였다.

"그럴 줄 알았어. 저 사람은 머리가 짧잖아? 괜한 오해를……."

희수는 다리에 힘이 풀렸다. 양 무릎에 손을 짚고 고개를 숙였다.

"우리 딸이다아!"

엄마가 희수를 발견하고, 손을 흔들며 펄쩍펄쩍 뛰었다.

"안녀엉…… ?"

짧은 머리 여자가 천천히 뒤돌아서면서 인사했다.

순간 희수는 온몸이 마비된 듯 뻣뻣이 굳었다. 숨이 막혀 말이 제대로 나오지 않았다.

"네가 왜 여기 있어?"

짧은 머리 여자가 중얼거렸다.

"샤네르…… ."

희수는 입을 벙긋거렸다. 엄마가 희수의 손을 잡고 샤네르 앞으로 데려갔다.

"인사해, 내 친구야아."

엄마가 통통 튀는 목소리로 희수에게 샤네르를 소개해 주었다.

희수와 샤네르는 서로 마주 보았다.

"넌 대체 누구야?"

희수 목소리가 바들바들 떨렸다.

⓰ 왜 너야?

시원은 약속 시간보다 일찍 까치마당에 도착했다. 미영 아줌마를 만나는 날은 늘 설레었다. 아줌마랑 수다 떨고, 노래를 부르다 보면 어느새 힘들고 지쳤던 마음이 녹으면서 편안하고 평화로운 마음이 찾아왔다. 그래서 시원은 아줌마가 좋았다.

오늘은 아줌마와 캣샵에 가기로 했다. 고양이 사료를 사고, 새로 나온 고양이 그릇을 구경하기로 했다. 아줌마랑 캣샵에 가는 건 이번이 두 번째였다.

우연히 만난 아줌마를 따라 고양이 급식소를 따라가게 된 것을 계기로 시원도 고양이 밥 주기에 열심이었다. 동네 고양이들을 따뜻하게 보살펴주는 아줌마를 보고 있으면, 시원도 경건해졌다. 그래서 자신도 아줌마를 따라 고양이를 돌보고 싶다고 생각했다. 그 길로 시원은 아줌마와 함께 고양이 사료를 사러 캣샵에 갔었다. 그날 시원은 가슴이 벅차서 터지는 줄 알았다.

시원은 아줌마를 기다리며 벤치에 앉아 있었다. 귓가에 새소리,

바람 소리, 길갓집에서 나는 사람 소리가 시끌벅적하게 들렸다.

"이런 소리 처음 들어보네."

에어팟 없이 가만히 앉아 주변 소리를 듣는 게 얼마 만인지 모르겠다.

시원은 시계를 보았다. 미영 아줌마가 오려면 아직도 10여 분 정도 남았다. 아줌마는 분명 핸드폰 줄을 목에 건 채, 시원이 준 에어팟을 오른쪽 귀에 꽂고 콧노래를 부르며 나타날 것이다. 해맑은 아줌마 모습을 떠올리며 시원이 씩 웃었다.

"이거 아줌마 가져요."

며칠 전, 시원은 한쪽만 남은 에어팟을 아줌마에게 줬다. 처음부터 줄 마음이 있었던 건 아니었다.

아줌마는 노래 부르는 걸 즐겨 하는 사람이었다. 시원은 아줌마를 만날 때마다 에어팟을 하나씩 나누어 꽂고 노래를 들었다.

"좋아, 정말 좋다아!"

아줌마는 손바닥으로 팔뚝을 문지르며 몸을 부르르 떨었다. 그러고는 세상 제일가는 행복한 표정을 지었다. 그런 아줌마를 보면 시원도 마음 한쪽이 치유되는 느낌이었다. 그래서 시원은 아줌마에게 자기 것과 같은 에어팟을 꼭 선물해주리라 생각했다. 아줌마가 양쪽 귀에 에어팟을 꽂고 음악을 들으며 기뻐하는 모습을 보고 싶었다.

학교에서 뜻밖의 일이 생겼다. 물론 시원이 잘했다고 생각하지는 않았다. 애꿎은 애한테 냄새가 난다고 난리를 피워댔으니까. 하지만 희수도 잘한 건 없었다.

'그걸 어떻게 발로 밟아 뭉개버릴 수가 있을까.'

희수가 에어팟 한쪽을 망가뜨렸을 당시에는 약간의 분노 말고는 별생각이 없었다. 새로운 걸 사면 그만이었다. 세상에 에어팟이 저거 하나만 있는 것도 아니니까.

그날 학교가 끝나고 시원은 미영 아줌마를 만났다. 아줌마는 시원을 보자마자 제 귀를 톡톡 쳤다. 시원은 말없이 에어팟 케이스를 건네주었다.

"어! 하나밖에 없는데에?"

아줌마는 하나만 꽂혀 있는 에어팟을 보며 눈이 휘둥그레졌다.

"어떤 애가 망가뜨려서……."

눈물이 왈칵 쏟아진 건 바로 그 순간이었다.

"어어, 갑자기 왜 이러지, 나 이거 없어도 되는데. 새로 사면 되거든. 근데 왜 눈물이 나지? 어어. 이상해."

시원이 고개를 수그린 채 흐느끼기 시작했다.

"아줌마, 아줌마한테처럼 내가 얘한테도 마음을 많이 줬나 봐. 막막하고 힘들 때 얘가 내 귓가에서 음악을 속삭여주었거든. 그걸 듣고 있으면 큰 위안이 되었어."

시원은 에어팟 케이스를 보면서 아줌마에게 고백하듯 말했다.

"그런데 오늘은 얘마저 나를 버리고 떠난 것 같았어. 정말 두려웠단 말이야."

시원은 어깨를 들썩이며 한참 동안 울음을 쏟아냈다.

그랬다. 시원에게 그 에어팟은 미영 아줌마만큼이나 특별했다. 절망과 답답함 앞에서 숨이 안 쉬어질 때 에어팟이 산소 마스크 같은 역할을 했다. 시원은 그 작은 물건을 너무나 사랑했고, 의존했다. 이제 한쪽밖에 남아 있지 않았지만.

"울지 마아. 내가 똑같은 보물 찾을게에. 꼬옥 찾아줄게에."

아줌마가 시원의 등을 토닥여주었다.

"아줌마, 나는 왜 사는 걸까? 이런 물건에 매달리듯 의지하고 있는 내가 너무 비참해. 살고 싶지 않아, 정말."

"안 돼애. 그런 생각하면 안 돼애. 안 돼. 그르지 마아."

아줌마가 시원을 숨 막히도록 덥석 끌어안아 주었다.

"울 엄마도 아줌마처럼 나를 한 번이라도 안아주지. 내 마음 좀 들여다봐주지. 나도 동생 떠나고 너무 슬펐는데. 진짜 아팠는데! 나는 승권이 안 보고 싶은 줄 알아? 나도 내 동생 정말 보고 싶단 말이야. 너무너무 그리워 미칠 것 같단 말이야."

시원은 아줌마 품에 안겨 한참 흐느껴 울었다.

"내가, 내가아 있잖아아. 나는 원이 마음 알아아. 우리는 친구 잖아아."

아줌마도 눈물을 쏟았다.

울음을 그친 둘은 서로를 바라보았다. 얼굴에 눈물 콧물 범벅이었다. 둘은 서로를 보고는 언제 울었냐는 듯 깔깔 웃기 시작했다.

시원은 자신을 위로해준 아줌마에게 "고마워. 고마워, 아줌마!" 하고 들릴 듯 말 듯 말했다.

아줌마는 에어팟을 귀에 꽂고는 휴대폰 앱에서 노래를 틀었다.

"바람이 불어오는 곳 그곳으로 가네……."

아줌마가 환하게 웃으며 노래를 따라 했다.

"아줌마, 이게 그렇게 좋아?"

시원은 에어팟을 손으로 가리켰다.

"행복해지잖아아."

"이 에어팟 아줌마 줄까?"

시원의 입에서 그냥 무심코 툭 튀어나온 말이었다.

"정말이야? 이거 나 가져도 돼?"

아줌마가 눈이 휘둥그레지면서 침을 꿀꺽 삼켰다.

"하나밖에 없어서 좀 그렇지만 이제부턴 이거 아줌마 거 해. 알았지?"

시원은 촉촉한 눈으로 아줌마를 바라보았다.

"신난다! 집에 갈 때 이제 원이 안 줘도 되는 거다아."

아줌마는 콧구멍을 벌렁벌렁하며 활짝 웃었다.

시원은 이렇게 자신의 소중한 에어팟을 아줌마에게 주었다. 그날 왜 그랬는지 지금 생각해도 스스로 의아했다. 하지만 아줌마가 기뻐서 어쩔 줄 몰라 하는 표정을 보면 시원의 마음은 몽글몽글해졌었다.

"원아, 내 친구 원아아."

시원의 예상이 맞았다. 미영 아줌마가 입을 헤벌리고 타닥타닥 뛰어왔다. 역시 아줌마 오른쪽 귀에 톡 튀어나온 하얀 에어팟이 눈에 띄었다. 아줌마는 시원을 보자마자 힘껏 끌어안았다.

"사모님, 어서 오세요, 그럼 이제 캣샵으로 가실까요?"

시원이 야구 모자를 벗은 채 아줌마에게 정중히 인사하는 시늉을 했다.

"사모님, 내가 사모님이야?"

미영 아줌마가 손사래를 치며 킥킥거렸다. 시원은 까르르 웃었다.

"원이는 오늘도 냥이 밥 안 살 거지이?"

"나는 쇼핑몰에서 10킬로짜리 포대로 주문한다니까요. 급식소가 여덟 군데잖아요. 아줌마는 한, 군, 데!고요."

시원이 입을 비쭉 내밀며 장난스럽게 말했다.

"나는 우리 딸이 냥이 밥 사준댔다아?"

"딸이요?"

시원이 의아해하며 물었다.

"어! 이쁜 우리 딸 지금 오고 있어어."

아줌마가 어깨를 으쓱하며 골목 위쪽을 힐끔거렸다.

"몇 살이에요?"

"열 살인가? 음…… 나도 몰라아."

아줌마가 계속 뒤를 흘끔거리더니 갑자기 소리를 질렀다.

"와! 우리 딸 왔다아."

아줌마가 팔을 휘두르며 펄쩍펄쩍 뛰었다. 뒤돌아선 시원이 인사를 하려는 순간, 심장이 멎은 듯 꼼짝할 수 없었다.

'윤…… 희수?'

맞다, 윤희수가 거기 서 있었다.

그 애도 시원을 보고 놀랐는지 몸이 뻣뻣하게 굳어 보였다.

"윤희수, 여기 네가 왜 있어?"

시원이 혼잣말처럼 중얼거렸다.

"내 친구 원이야아."

미영 아줌마가 희수의 손을 잡고 시원을 소개해주었다.

"너…… 넌 대체 누구니?"

희수 목소리가 떨렸다.

시원은 말없이 허공만 바라보았다.

"엄마, 나 집에 갈게."

희수 눈꼬리가 새초롬해졌다.

"안 돼애. 네가 사준다고 했잖아아. 나 돈 없단 말야아!"

아줌마가 당황해하며 희수 팔을 꽉 붙잡았다.
"자."
희수는 아줌마에게서 팔을 빼며 체크카드를 내밀었다.
"이거 돈 아니잖아. 몰라, 몰라아."
아줌마가 고개를 흔들었다.
"같이 가. 아줌마는 딸이 사료 사준다고 얼마나 좋아했는데."
시원이 차분한 목소리로 말했다. 희수는 어이없다는 표정으로 시원을 쳐다봤다.
"왜…… 너니? 울 엄마 친구가 왜 너야?"
희수는 눈꼬리를 치켜올리며 시원을 쏘아보았다.
"너 같은 분이 왜 우리 엄마랑…… 왜?"
희수는 끝내 말을 끝까지 잇지 못했다.
시원은 할 말이 없었다. 그 자리에 얼어붙은 듯 서서 희수를 바라보기만 했다.

⑰ 그 노래의 주인공

"아줌마! 먼저 갈게요."

골목을 빠져나와 큰길이 나오자 시원이 엄마에게 인사했다. 얼굴이 잔뜩 굳어 있었다.

"왜 그래애?"

엄마가 어리둥절한 표정을 지었다.

큰길을 건너간 시원이 엄마를 향해 손을 흔들자, 엄마는 손톱을 잘근잘근 깨물었다. 속상한 것 같았다.

"가자."

희수는 엄마 팔을 잡아끌었다. 엄마의 눈길은 여전히 시원을 향해 있었다.

"내일 원이랑 살까아?"

엄마가 야릇한 표정을 지으며 말했다. 희수는 어이가 없었다.

"오늘 꼭 사야 한다며? 고양이들 배고파서 안 된다면서! 엄마, 대체 왜 그래?"

희수는 원이라는 말을 듣는 순간 화가 치밀었다.

"왜 맨날 화내는 거야아."

엄마가 툴툴거리며 희수를 따랐다.

희수는 시원을 이해할 수 없었다.

'엄마가 모자란 사람이라 쉽게 봤나. 제 맘대로 휘젓고 갖고 놀기 좋았나?'

생각하면 할수록 희수는 부아가 치밀었다. 엄마가 그런 애랑 엮였다는 사실이 싫었다. 불쾌했다.

희수는 엄마를 따라 캣샵에 들러 고양이 사료를 샀다. 엄마는 사료를 가슴에 안더니 금세 기분이 풀렸는지 콧노래를 불렀다. 늘 부르는 그 노래, 맨날 똑같은 '바람이 불어오는 곳'이었다. 할머니가 노래교실에서 배운 이런저런 노래를 가르쳐줘도 엄마는 늘 이 노래만 불러댔다.

"엄마는 '바람이 불어오는 곳' 그 노래가 왜 그렇게 좋아?"

"음……."

엄마가 눈을 멀뚱거리며 헤벌쭉 웃었다.

"오, 오빠가 생각나니까 좋아아."

엄마는 멋쩍은 표정을 지으며 말했다.

"오빠라고? 엄마, 어릴 때 오빠가 있었어?"

희수가 눈을 말똥거리며 엄마를 쳐다봤다.

'나한테 외삼촌이 있었다고?'

희수는 할머니에게도 들어보지 못했던 외삼촌 아니 엄마의 오빠가 궁금했다. 간혹, 엄마 어린 시절이 알고 싶어 할머니에게 물어보면 눈물부터 내비치는 바람에 부담스러웠다. 그래서 희수는 가끔 엄마의 앨범을 들여다보았다. 할머니가 엄마 갓난아기 때부터 정리해놓은 사진을 보며 희수는 혼자 상상의 나래를 펼치고는 했다. 그런데 앨범에서도 보지 못했던 엄마의 오빠라니. 희수는 깜짝 놀랐다.

"옛날, 옛날에 오빠가 나 많이 이뻐하구, 좋아했어."

엄마가 두 손으로 입을 가리며 흐흐 웃었다. 그러더니 엄마는 아리송한 표정으로 "오빠, 보고 싶어어." 하고 말했다. 어딘지 모르게 쓸쓸함이 느껴졌다.

엄마의 뇌는 어디서 멈춰 있는 걸까. 엄마의 옛날은 대체 몇 살을 말하는 걸까. 저 노래를 끊임없이 부르는 건 옛 기억을 되살리고 싶은 잠재의식의 몸부림일까. 그러면 언젠가는 회복할 수 있을까?

엄마가 오빠를 그리워해서 이 노래를 자꾸만 불렀다고 생각하니 마음이 아렸다. 엄마의 오빠는 어떻게 된 걸까? 희수는 궁금했다.

"엄마, 그 오빠는 어디 멀리 간 거야? 하…… 늘 나라 이런데?"

희수는 엄마의 표정을 살피며 조심스레 물었다.

"머얼리 떠났어어."

엄마 목소리가 슬퍼 보였다.

희수는 엄마가 가여워 곁으로 다가가 팔짱을 끼었다. 그런데 엄마가 갑자기 방향을 틀더니 좁은 골목길 앞에 우뚝 섰다.

"여, 여기. 이 쪽이야아."

엄마가 사료를 안고 골목 안을 팔짝팔짝 뛰어가더니 낡은 대문을 손으로 짚으며 느닷없는 말을 했다.

"여기가 오빠 집이야아."

"뭐라고? 엄마, 방금 뭐라고 했어?"

희수는 깜짝 놀라 눈이 동그래졌다.

"상우 오빠 집이 여기였다구우."

희수는 뜬금없는 엄마의 말을 이해할 수가 없었다. 가끔 엄마가 하는 말이 무슨 말인지 모를 때 어림짐작으로 알아듣긴 했지만, 상우 오빠라는 사람이 살았다는 집, 대문까지 짚어가며 하는 엄마의 말은 도저히 짐작도 가늠도 안 되었다.

"상우 오빠라고?"

"아까 내가 말했잖아아."

"그 오빠가 친오빠 아니었어?

"맞아. 친했어어. 친한 오빠였다니까아. 오빠가 나 맨날맨날 이뻐하구, 좋아하구, 음… 그리고 바람이 불어오는 곳 그 노래도 가르쳐주고 막 그랬어어."

엄마가 녹슨 초록 대문 앞을 가만히 쓸었다.

"저쪽으로 이렇게 삥 돌아가면 뒤에 상우 오빠 방이 있어어. 거기서 나랑 맨날 노래 불렀지이."

엄마 목소리가 촉촉했다.

희수는 이제야 이해했다.

언제 적 이야기인지는 잘 모르지만 엄마가 그 사람을 아직도 기억하면서 못 잊어서 그 노래를 듣고 또 듣는 모양이었다. 엄마가 많이 좋아했던 사람이었나 보다.

희수는 마음 한편이 따스해졌다. 엄마도 사랑을 했었구나. 상우 오빠와.

"내가 원이한테도 이 노래 알려줬어어. 그래서 원이도 이 노래 좋아해애."

엄마가 갑자기 환한 표정을 짓더니 묻지도 않은 원이 이야기를 불쑥 꺼냈다. 원이 얘기를 할 때마다 엄마는 늘 신난 얼굴이 되었다.

엄마는 원이가 정말 좋은가 보다. 엄마가 원이라는 친구를 알기 전만 해도 희수밖에 몰랐다. 희수를 세상에서 제일 소중히 여겼다. 희수는 씁쓸했다. 희수는 엄마의 오빠 이야기가 궁금해 더 듣고 싶었지만 엄마의 표정을 보니 더 이상 물어볼 수가 없었다.

"원이가 자기 얘기는 많이 해?"

"어어, 아기 때, 어린이 때에 되게 똑똑했대에. 상도 엄청 많이 받았대애."

"알았어, 알았다고요. 엄마는 근데 원이가 왜 좋아?"
희수는 시큰둥한 표정으로 물었다.
"원이랑 얘기하면 재밌어어. 매일매일 웃음이 나고 기분이 좋아아. 원이가 그러는데 우리는 친구라서 사이좋아서 그렇대애."
함박웃음을 짓는 엄마는 아까보다 한층 더 밝은 목소리였다.
희수는 좀 전에 엄마를 가엽게 바라봤던 마음이 자꾸 변하려고 했다. 마음속에서 뭔가가 자꾸 꿈틀거렸다. 질투일까, 심술일까.
"원이 같은 애가 속상한 게 있기나 하대? 뭐…… 속마음 같은 거. 친구들끼리는 비밀 얘기도 나누거든, 원이도 그런 거 털어놓고 그래?"
희수가 입을 샐쭉거리며 물었다.
"원이 불쌍해애. 어떨 땐 막 울어서 내 마음 속상해애. 슬퍼어."
엄마의 말에 희수는 기가 막혔다.
"걔 미친 거 아냐? 왜 엄마 앞에서 울어?"
희수는 얼굴을 일그러뜨리며 눈꼬리를 바짝 치켜올렸다.
천하의 샤네르가 엄마한테 불쌍하단 말을 듣다니, 뭔가 잘못되어도 단단히 잘못되었다. 희수는 이 모든 게 샤네르가 연기를 한다는 생각이 들었다.
"그르지 마아. 원이 안 미쳤어. 불쌍해애."
엄마가 눈을 멀뚱거리며 아주 작은 소리로 희수에게 말했다.

"엄마, 걔보다 엄마가 더 불쌍하거든. 걔보다 엄마 딸이 더 불쌍하다고요. 나는 뭐 안 우는지 알아?"

희수는 짜증이 나서 자기 머리를 마구 헝클어뜨렸다.

"희수야, 그르지 마아."

엄마가 다가와 희수의 머리를 매만져주었다. 손길이 부드러워 희수는 가만히 있었다.

문득 아까 샤네르의 숏컷트가 떠올랐다. 원래 긴 생머리인데 왜 짧은 머리를 하고 나타난 걸까?

"원이 말이야, 머리가 짧던데 그거 가발이지? 돈이 많아서 막 가발 같은 거 쓰고 변장하고 다니는 거지?"

희수는 심드렁한 목소리로 물었다.

"원이는 머리가 짧아도 이쁘고, 길어도 정말 이뻐어."

엄마가 또 엉뚱한 소리를 하며 희수 속을 긁어놓았다.

"으이그, 엄마는 원이가 아주 이뻐 죽겠지?"

희수는 속이 뒤틀리는 걸 꾹 참았다.

"나는 내 친구 원이가 제일 좋아아."

엄마는 제일이라는 말에 힘을 주며 해맑은 표정을 지었다.

"그래도, 그래도, 그래도 엄마 딸, 윤희수가 최고로 예쁘고, 제일 좋잖아, 맞지?"

희수가 눈을 가늘게 뜨면서 팔꿈치로 엄마 옆구리를 지그시 눌렀다.

"희수, 너, 싫어어! 맨날맨날 소리 지르고 화내애."

엄마가 대뜸 새초롬한 표정으로 눈을 흘겼다.

희수는 왠지 모를 섭섭함이 밀려왔다. 그동안 엄마가 사라졌으면 좋겠다고 막말을 해댔으면서, 막상 엄마가 희수를 싫다고 하니, 서운했다. 왠지 모르게 세상에 혼자 남겨진 것만 같았다. 왈칵 눈물이 솟았다.

엄마는 희수 마음과 달리 흥얼흥얼 노래를 부르며 발걸음이 무척 흥겨워보였다.

⑱ 설렘설렘 뜻밖의 만남

시원은 엄마가 가증스러웠다.

일주일 전, 할머니의 고희 축하연을 호텔에서 성대하게 치렀다. 일가친척들과 할머니의 지인, 그리고 명망 있는 사람들까지 참석해 축하했다.

그런데 엄마가 느닷없이 할머니의 칠순 파티를 집에서 또 한 번 갖자고 했다. 무슨 파티를 또 연다는 건지 시원은 알 수가 없었다.

엄마는 할머니에게 가든파티를 겸한 작은 음악회를 열겠다고 했다. 가까운 지인들 몇 분만 모셔서 편안한 시간을 보내는 자리를 만들고 싶다는 거다. 파티하기를 좋아하는 할머니가 싫어할 턱이 없었다.

'울 엄마 또 뭘 받고 싶어서 저러시나.'

시원은 고개를 절레절레 흔들었다.

몇 년 전 엄마는 할머니에게 평창동 갤러리를 받아냈다. 시원의 국제중학교 입학 대가였다. 그러나 시원이 학교를 나온 바람에 엄마는 도로 빼앗길까 봐 노심초사했다.

그 후, 엄마는 할머니의 비위를 더욱 잘 맞추려고 노력했다. 그럴 때마다 시원은 웩웩 토하는 시늉을 했다. 엄마는 "효도야, 효!"라며 오히려 시원을 보고 눈을 흘겼다.

파티 하루 전, 엄마는 연주자들과 일일이 통화하면서 일정을 확인했다. 호텔 요식부로 전화해서는 케이터링 셰프와 메뉴를 다시 한번 점검했다.

정원에선 스프링클러 물뿌리개가 긴 타원과 작은 원을 그리며 빙글빙글 돌았다. 스프링클러에서 물이 솟을 때마다 하얀 포말이 일면서 무지개가 살포시 앉았다.

할머니는 옥색 드레스에 버건디 뮬을 신고 정원을 거닐었다. 겉으로 보기에는 우아하고 고상한 노년의 사모님이었다.

"홍 씨, 이제 스프링클러 꺼야겠다, 손님들 맞이해야지."

할머니는 공중에 날리는 포말이 행여 드레스에 튈까 손을 해해 저었다.

작은 음악회의 연주자들이 하나둘 모이더니, 자리에 앉아 조율과 리허설을 했다. 마당 한편에서는 바비큐 그릴에서 지글지글 고기 굽는 냄새가 났고, 기다란 테이블 위엔 알록달록 화려한 음식이 세팅되었다.

할머니의 친한 친구들과 엄마의 지인들 모두 환한 미소를 띠며 인사를 나누었다.

아빠의 간단한 인사가 끝나자, 드보르자크의 현악 사중주가 연주되었다. 감미로운 선율에 맞춰 사람들이 담소를 나누었다.

시원은 2층 자기 방에서 팔짱을 낀 채 정원의 풍경을 내려다보았다. 남들이 보기엔 멋스러울지 몰라도 시원의 눈엔 눈곱만큼도 좋아 보이지 않았다. 그저 쓸데없는 짓거리일 뿐이었다.

그때였다. 키가 큰 청년이 낯선 할머니를 부축하며 뜰 안으로 들어섰다. 그 할머니는 몸이 살짝 불편한 것 같았다.

엄마가 달려가 자리를 마련해 드렸다. 할머니가 자리에 앉자, 청년은 어색한 표정으로 주위를 둘러보았다.

"앗! 주영재!"

시원이 창문을 열고 주영재를 불렀다. 그러자 주영재가 머쓱한 표정을 하며 손을 흔들었다.

한창 연주 중이던 악기가 시원의 소리에 일제히 멈추었다. 음악을 감상하던 손님들의 눈길이 2층 시원을 향했다. 하지만 시원의 눈엔 주영재밖에 보이지 않았다.

시원은 다다다닥 정원으로 달려 나가 주영재 앞에 섰다.

"이게 어떻게 된 일이야? 네가 우리 집에 왜 왔어?"

시원은 반가운 얼굴로 물었다.

할머니가 시원을 째려봤다. 어느새 엄마가 달려와 시원의 팔을 잡아끌며 구석으로 끌고 갔다.

"엄마, 왜 이래."

"너 교양 없이 이게 뭐니? 아휴, 참 옷차림은 또!"

엄마가 한숨을 쉬며 발을 동동 굴렀다.

"이 트레이닝복 엄마가 좋아하는 브랜드잖아, 명품! 내가 엄마 덕분에 학교에서 별명이 뭔 줄 알아? 샤네르~."

"오늘 같은 날, 그러지 좀 마, 이것아."

"어휴, 엄마! 제발 할머니 눈치 좀 그만 봐! 딱해 보여."

시원은 엄마에게 톡 쏘아주고는 다시 주영재 앞으로 갔다.

"어떻게 된 거야? 우리 집에 무슨 일이냐니까?"

시원이 호들갑을 떨며 재차 물었다.

"일단 먼저 뭐 좀 먹고 얘기하면 안 될까?"

주영재는 접시를 들고 음식을 골고루 담기 시작했다. 그러더니 의자에 앉아 있는 할머니에게 갖다 내밀었다.

"영숙 씨, 많이 드셔. 나 필요하면 언제든 부르고."

주영재가 자기 할머니에게 눈을 찡긋했다.

"으이구 이 녀석이 여기 와서도……."

주영재 할머니는 민망하다는 듯 주영재의 옆구리를 쿡 쳤다.

"안녕하세요?"

시원이가 주영재 옆에서 인사했다.

"오, 그래. 네가 시원이야? 어릴 때 요만했는데 언제 이렇게 컸니?"
　주영재 할머니가 감탄하듯 시원을 보며 말했다.
　"내가 이렇게 발목을 다쳤는데도 경란 언니, 아니 너희 할머니가 불러서 왔다는 거 아니니. 지난번에도 칠순 잔치를 하더니, 무슨 파티를 또 한다니?"
　주영재 할머니가 시원에게 작게 속삭였다.
　"그러게 말이에요. 할머니, 발목 얼른 나으세요."
　맞장구를 쳐 준 시원이 주영재와 함께 음식을 뜨러 갔다.
　"으흠 마리네이드 좋아."
　시원은 혼잣말하며 바질 방울토마토를 접시에 듬뿍 담았다. 주영재의 접시에는 갓 구운 갈비가 수북이 담겨 있었다. 둘은 정원 가장자리에 가서 자리를 잡았다.
　"주영재, 진짜 반갑다야."
　"야, 한솔국제중 이시원이 너라며? 그 유명했던……."
　주영재는 갈비를 뜯으며 신기한 듯 시원을 보았다.
　"난 학교 얘기하는 거 별로 안 좋아하거든?"
　"나도 거기 출신이야. 너 1학년 때 학교에서 유명했잖아? 천재가 들어왔네, 영재가 들어왔네 하면서. 정말로 영재는 난데, 내가 바로 주영재인데 말이야."
　흐흐흐 웃는 주영재 입가가 고기 기름으로 번질번질했다.
　"아무튼 시험 보는 족족 다 맞았다며, '이시원 A.I.'라는 소문이 있었지. 그 후배가 바로 너였다니."

"누가 그런 훌륭한 루머를 퍼트린 거야?"

시원이 방울토마토를 입에 넣으며 호호 웃었다.

"그런 분이 옆집에 사니 영광이긴 한데 난 너 때문에 스트레스가 장난 아니다."

주영재가 고개를 설레설레 저으며 한숨을 내쉬었다.

"나랑 무슨 상관이길래?"

시원이 의아해하며 물었다.

"저기 우아하게 앉아 계신 영숙 씨가 날 들들 볶은 거지. 우리 영숙 씨가 너희 할머니 대학 후배잖아. 그 유명한 여대 말이야."

주영재가 다시 말을 이었다.

"너희 할머니가 영숙 씨한테 어찌나 손녀 자랑을 쏟아내는지. 우리 영숙 씨가 맨날 경란 언니 때문에 스트레스받는다고 노발대발하더라고. 그게 꼬리에 꼬리를 물고 아빠한테 넘어오면. 울 아빠는 그걸 나한테……. 어휴, 말을 말자."

"영숙 씨한테 스트레스받지 말라고 해. 나 거기 자퇴했어. 이런 말은 경란 언니가 안 한 모양이지? 정확히 말하면 잘린 건데."

시원이 저 멀리 사람들 틈에서 웃고 있는 할머니를 싸늘한 눈빛으로 바라보았다.

"오호! 그래? 전혀 몰랐네."

주영재가 느물거리며 말했다.

"왜 자퇴했어? 남들은 못 가서 난리인데."

"생각하기도 말하기도 싫어."

"그래. 누구에게나 프라이버시는 있는 거니까. 오케이, 접수."

시원은 시험을 보다가 뛰쳐나왔던 그날이 떠올랐다. 엄마의 환청에 시달리던 그때, 정신은 피폐해질 대로 피폐해 있었다.

주영재는 더 들을 것 없다는 듯 음료를 가지러 간다며 일어섰다.

시원은 고상한 척 와인 잔을 들고 드레스 자락을 흔들며, 이 사람 저 사람과 와인 잔을 부딪치며 미소 짓는 할머니를 가만히 지켜보았다.

'사람들은 우리 할머니를 우아한 사모님이라 생각하겠지? 천만에! 모든 걸 자기 뜻대로 조종하려고 하는 독재자야. 입만 열면 거친 욕이나 일삼고 돈을 무기로 아들과 며느리를 움직이는 배후! 아, 소름 끼치도록 무서운 사람. 할머니는 어쩌다 저렇게 됐을까?'

시원은 멀미가 나는 듯 어지러워 잠깐 자리에서 휘청했다. 주영재가 다가와 괜찮냐고 물었다.

"내가 자퇴한 건 저기 계신 저 우아한 할머니와 엄마, 아빠한테서 벗어나려는 몸부림이었어."

시원이 담담하게 말했다.

"으흠, 무슨 말인지 대충 알 것 같긴 해."

주영재가 고개를 끄덕였다.
"너도 힘들게 사는구나. 우리 집은 완전 막장이다. 다들 내가 하려는 걸 못마땅하게 봐. 아빠란 사람은 툭하면 주먹질이야! 주먹으로 모든 걸 누르려고 하지. 나보다 덩치도 반만 한 인간이."
주영재가 심각한 표정을 지으며 말을 이었다.
"힙합, 랩 좋아한다고 감금까지 했거든. 물론 난 힙합의 반항 정신으로 거뜬히 견뎌내고, 이겨내고 있지만."
주영재는 허허 너스레를 떨었다.
'그래서 꽤 오래 안 보였나 보네.'
시원은 주영재가 한동안 보이지 않았던 게 대번에 이해됐다.
"어른들이 사는 제국은 정말 무섭다."
시원의 말에 주영재가 받아쳤다.
"음, 그것보단 뭐랄까. 좀 우습다고나 할까?"
시원과 주영재는 가식과 위선을 숨긴 채 교양 있는 척 연기하고 있는 어른들을 바라보며, 마음껏 비웃어주었다.

⑲ 바람이 불어오는 곳

"제발 기운 좀 차리자."

할머니가 한약 사발을 들고 이불을 젖혔다.

한약 냄새가 코로 훅 들어왔다. 희수는 기진맥진 늘어져 있던 몸을 겨우 일으켜 앉았다.

"못 먹겠어. 또 토할 거 같아."

희수는 속이 메스껍고 어지러워 도로 누웠다.

"벌써 며칠째야. 너 이러면 할미 못 살아, 이것아."

할머니 목소리가 파르르 떨렸다.

"토하면 아깝잖아."

희수는 들릴 듯 말 듯 웅얼거리며 눈을 감았다. 몸과 마음이 깊이를 알 수 없는 수렁으로 곤두박질치는 것 같았다. 알 수 없는 심연으로 끝없이 빠져들었다.

희수는 문득 며칠 전 일을 떠올렸다.

"할머니도 엄마가 말하는 상우 오빠라는 사람 알아?"

희수는 집에 들어오자마자 할머니를 붙잡고 물었다.

"네가 어떻게 그 사람을 알아? 몰라, 몰라, 난 모르는 사람이야!"

할머니 얼굴에 당황한 기색이 역력했다.

"엄마랑 둘이 좋아했었나 봐. 엄마가 그 사람을 잊지 못해서, 바람이 불어오는 곳~ 그 노래를 계속 듣는 것 같아."

희수가 흥얼거리며 말했다.

"누가 그래! 너 그 얘기 어디서 들은 거야?"

할머니가 괜한 역정을 버럭 냈다.

"누가 그러긴. 엄마가 말해줬어. 그 사람 집까지 가르쳐줬는걸."

할머니는 집이 떠나갈 듯 연거푸 큰 한숨을 쉬면서 달그락달그락 빈 그릇 정리를 했다.

"엄마도 남자 좋아할 수도 있지 뭘 그래. 난 그 얘기 들으니까 좋던데? 남녀가 사랑하는 건 자연스러운 거잖아."

희수가 흐릿한 미소를 띠며 말하자, 할머니 눈초리가 누그러지는 것 같았다.

"너 이리 좀 앉아 봐, 희수야."

희수가 할머니와 마주 보며 앉자, 할머니는 잠시 뜸을 들이다 어렵게 입을 뗐다.

"저…. 사실, 엄마랑 상우랑 좋아했었어. 상우도 정신지체 장애를 가졌지. 정말 순수한 청년이었단다. 인사도 잘하고, 무엇보다 마음이 참 착했어. 둘이 사랑했지. 정말 사랑했어."

할머니는 눈을 가느스름하게 뜨면서 허공을 바라봤다.

"그러다 네 엄마가 아기를 갖게 되었어. 근데, 무슨 운명이었는지 상우는 네 엄마가 임신한 사실을 알지 못한 채, 부모님 따라 멀리 이사를 갔어. 나도 바쁘게 지내다보니 네 엄마의 임신을 뒤늦게야 알게 되었지."

"어머나, 어떡해."

"부랴부랴 상우를 찾았지만 그 애 소식은 알 수가 없었단다."

할머니가 아련한 눈으로 희수를 바라봤다.

"엄마의 러브 스토리 너무 슬프다. 얼마나 그 남자가 그리우면 몇 년이 흘러도 계속 이 노래만 좋아할 수 있을까, 로맨틱한데? 할머니, 세상엔 정말 드라마 같은 일들이 있네?"

희수가 소파에 앉아 가만히 노래를 듣고 있는 엄마를 바라보았다.

"그 아기가……."

"잠깐! 그 아기, 하늘나라로 떠났다, 뭐 이런 건 아니지? 아! 그러면 나 정말 울 것 같아."

희수가 입을 틀어막고 할머니를 쳐다봤다.

"그 아기가 윤희수, 너란다."

"……."

희수는 목이 막혔는지 아무런 말이 나오질 않았다. 멀뚱거리며 할머니만 쳐다보았다. 할머니 눈은 그새 그렁그렁 눈물이 차오르고 있었다. 희수는 가만히 일어나 엄마에게 다가갔다.

"엄마!"

희수가 살포시 엄마 목을 끌어안았다.

"왜애! 저리 가아. 숨막힌다아."

"1분만."

'그래, 다행이야. 내가 상상했던 것보다 운이 좋은 걸, 엄마와 아빠가 사랑해서 나를 낳았잖아. 그러면 됐어. 조금만 기다려, 엄마. 내가 좀 더 크면 아빠 찾아올게. 꼭!'

희수는 마음이 뜨거워졌다.

얼마쯤 지났을까. 할머니가 희수 이마에 살며시 손을 올려 열이 있는지 확인했다. 그러고는 뜨끈하게 적신 수건으로 가만가만 희수 얼굴을 닦았다. 이마를 쓸어내린 다음 퉁퉁 부은 눈두덩을 투덕투덕 눌렀다. 검붉은 피딱지, 부르트고 거슬거슬 허옇게 일어난 입술에 수건을 살살 갖다 댔다. 수건에 발그스름한 피가 묻어났다.

"어이구, 짠한 것."

할머니는 한숨을 쉬며 혀를 찼다.

희수가 어렴풋이 눈을 떴다. 할머니는 옅은 미소를 지으며 희수의 손가락 하나하나를 마사지하듯 주무르며 정성을 다해 닦았다.

"할머니."

희수는 왈칵 눈물이 차올랐다. 몸을 굽뜨게 일으켜 앉으며 한약을 달라고 했다. 할머니가 얼른 희수 입에 약사발을 갖다 댔다. 약을 한 모금 들이켠 희수가 인상을 찌푸렸다.

"옳지."

할머니가 고개를 끄덕이며, 희수의 헝클어진 머리를 매만졌다.

희수는 할머니 얼굴을 물끄러미 쳐다보았다. 할머니는 항상 단정했다. 한 점 흐트러짐이라고는 없는 사람이었다. 그러나 며칠 새 할머니가 달라져 있었다. 스웨터엔 뭐가 묻었는지 얼룩얼룩했다. 뒤엉킨 머리카락은 훤한 속살이 드러나 보였고, 다크서클 때문에 눈 밑이 거뭇거뭇했다.

"우리 할머니 많이 늙었네."

희수는 초췌한 할머니를 보며 울먹였다. 제 탓 같아 마음이 아팠다.

"희수야, 기운 좀 내자."

할머니는 애써 미소를 지었지만, 속울음을 삼키는지 가슴이 팔락팔락 떨렸다.

"너 이러면 할미는 어떻게 살라고. 네가 이렇게 아프면 할미는······."

할머니 눈에서 눈물이 투두둑 떨어졌다.

"할머니,"

희수가 할머니를 불렀다.

"나 이제 괜찮아."

"할미가 미안해. 우리 희수 힘들게 해서 할미가 미안해."

희수를 꼭 끌어안은 할머니의 가슴이 바들바들 떨렸다. 희수는 할머니 품에 오래도록 안겨 있었다.

희수는 며칠 만에 미음먹고 전복죽을 먹었다. 할머니가 지어 온 한약도 마셨다.

희수는 가만히 일어나 침대 모서리에 걸터앉아 창문 밖을 내다보았다. 해가 지면서 남은 햇살이 희수 방 안에 드리웠다.

희수는 천천히 거실로 나갔다. 며칠 심하게 앓은 탓인지 몸이 휘청했다. 할머니가 소파에서 잠들어 있었다. 희수가 할머니에게 담요를 살포시 덮어주었다. 얼마나 고단한지 정신없이 잠에 빠져 있는 할머니 모습에 희수는 마음이 아렸다.

화장실에서 달그락거리는 소리가 들렸다. 엄마였다. 희수가 가까이 가보니, 세면대에서 하얀 거품이 일었다.

"엄마, 뭐 해?"

희수 눈이 휘둥그레졌다.

"아이구, 야아. 깜짝 놀랐잖아아."

엄마는 하얀 거품 묻은 손을 막 흔들었다. 거품이 눈송이처럼 날렸다.

"내 보물 깨끗하게 빠는 거야아."

엄마가 헤벌쭉 웃었다.

"내가 도와줄까?"

희수가 팔을 걷어붙이니 엄마가 좋아했다. 희수는 엄마 옷에 잔뜩 달라붙은 거품을 털어주었다.

샤워기에 물을 틀어 세면대에 있는 거품을 걷어내고 또 걷어냈다. 한참을 그러고 나니, 엄마의 보물들이 보였다. 그중 에어팟과 충전 케이스도 있었다.

"이거 물로 닦으면 안 되는데."

희수는 에어팟과 충전 케이스의 물기를 탈탈 털었다.

"내놔. 내 친구 원이가 준 거야!"

엄마가 희수 손에서 그것들을 채가며 소리를 바락 질렀다. 희수는 서운한 마음에 눈물이 나오려고 했다.

희수는 다시 방으로 들어왔다.

'엄마는 나보다 이시원을 더 좋아한다. 엄마 곁엔 원이가 있어. 이시원 그 애가.'

희수는 믿을 수 없었다.

"왜 하필 그 애일까?'

희수의 상처를 후벼 판 이시원이 엄마의 가장 소중한 친구라니.

'나를 세상에서 가장 귀히 여기던 엄마가……, 나를 비참하게 만들었던 그 애한테 가버리다니.'

희수는 세상에 혼자 버려진 듯했다. 막막하고 무섭고 두려웠다.

'얼마 전까지 엄마는 그저 나를 끔찍하게 이뻐하고 또 이뻐했어. 그렇게 사랑했지. 하지만 나는 엄마를 무시하고 창피해하고 미워했어. 심지어 없어져 버렸으면 했으니까. 엄마도 딸한테 받은 상처로 힘들고 외로웠을 거야. 그래서 친구가 필요했어. 마음을 나누는 사람이 필요했던 거야. 엄마가 좋아하는 친구, 원! 이시원은 대체 어떤 아이일까?'

그때였다.

지익 지익.

휴대폰 진동이 울렸다. 모르는 번호였다. 희수는 휴대폰을 뒤집어놓고 다시 눈을 감았다. 휴대폰 진동 소리가 계속 끈질기게 울렸다. 누군가 집요한 듯했다.

하는 수 없이 희수는 전화를 받았다.

"여보세요."

"나 이시원이야."

희수는 깜짝 놀라 침대에서 일어났다.

"윤희수, 내가 왜 전화했는지 알지?"

'맞다, 그거.'

희수의 머릿속에 박살 낸 에어팟이 떠올랐다. 가슴이 쿵 내려

앉았다.

"윤희수! 듣고 있어?"

"어, 듣고 있어."

희수 목소리가 기어들어 갔다.

"그때 그거 지금 물어줘야겠어. 30분까지 까치마당이야. 당장 나와!"

"뭐…… 라고?"

시원은 자기 할 말만 하고 휴대폰을 끊었다.

'그래, 이게 샤네르, 아니 이시원 본모습이지.'

희수는 결심한 듯 자리에서 일어났다. 이시원을 만나러 갈 것이다. 샤워하고 얼굴과 온몸에 로션을 덕지덕지 발랐다. 진한 베이비파우더 향이 진동했다.

집을 나서려는데, 언제 일어났는지 할머니가 가로막았다.

"아직 몸이 성치도 않은 애가 어딜 나가려고 해."

"잠깐 저 아래 갔다 올게요. 해결해야 할 일이 있어."

희수는 옅은 미소를 지으며 밖으로 나갔다. 벌써 여름이 오려나. 더운 열기가 후끈 느껴졌다.

까치마당으로 가니 생머리 시원의 뒷모습이 보였다. 시원은 양손을 주머니에 꽂은 채 하늘을 올려다보고 있었다.

"늦어서 미안."

희수가 작은 목소리로 사과했다.

시원이 희수를 힐끗 쳐다보았다. 그러고는 부드러운 목소리로 말했다.

"앉아."

희수는 머뭇머뭇하다 시원의 맞은편에 앉았다. 가슴이 떨리면서 어깨가 앞으로 자꾸 말리는 듯했다.

'에어팟을 사 달라고 하겠지? 일단 망가뜨려서 미안하다고 해야 하나. 바락바락 악이라도 쓰면 무릎부터 꿇어야 하나?'

희수는 온갖 생각을 하며 잘근잘근 입술을 깨물었다.

"희수야."

시원이 차분하게 희수를 불렀다. 희수는 고개를 들어 시원을 쳐다보았다.

시원이 손끝으로 자기 정수리 부분을 만지작거렸다. 그러자 찰랑거리는 긴 생머리가 벗겨지더니 눈 깜짝할 새 시원은 숏컷트 머리가 되었다. 생머리와 달리 머리숱이 많지 않았다.

"어?"

희수는 눈이 휘둥그레졌다. 시원의 짧은 머리 사이로 하얀 구멍이 숭숭 보였다.

"나 그동안 이거 쓰고 다녔어. 그래서 내 몸에 손대면 예민했던 거야."

시원이 긴 머리 가발을 손으로 툭툭 훑더니 가방에 쑤셔 넣었다. 희수는 어쩔 줄을 몰랐다. 뭐라도 말을 해야 할 것 같은데 입이 떨어지질 않았다. 이번에도 먼저 말을 꺼낸 건 시원이었다.

"이거 보이지?"

시원이 느닷없이 희수에게 머리를 들이밀었다. 시원의 머리 군데군데에 동전처럼 반질반질한 모양이 있었다.

"어머, 세상에!"

희수는 두 손으로 입을 가렸다.

"우리 할머니하고 부모님이 준 선물이야. 놀랐지?"

시원이 조용히 미소를 지으며 희수를 바라봤다.

"나 유치원 때 내 동생이 사고로 죽었거든, 그 뒤로 말이야……."

시원은 차분하게 자기 이야기를 했다. 간간이 긴 숨을 뱉기도 하고, 금세라도 눈물이 툭 떨어질 것 같은 표정을 짓기도 했다. 희수는 조용히 이야기를 듣고 있었다.

"학교를 자퇴하고 몸과 마음조차 감당하기 힘들었을 때, 내가 점차 괴물로 변하는 걸 알게 되었을 때 너희 엄마, 윤미영 아줌마를 만났어."

시원은 희수에게 미영 아줌마가 자신의 구원자라고 했다. 그러고는 사과했다.

"미안했어. 너의 베이비파우더 냄새에 내가 미쳤었나 봐. 괴롭혀서 정말 미안해."

희수는 생각지도 못했던 시원의 말에 자신도 모르게 몸이 바르르 떨리면서 눈에 눈물이 고였다.

"나도 미안해. 그…… 에어팟."

희수가 말을 얼버무리며 시원을 힐긋 쳐다보았다.

"맞다, 그거 박살 내니까 시원했어?"

시원이 장난스럽게 웃으며 물었다.

"지금은 사줄 돈이 없어. 조금만 기다려주면…….."

"있잖아, 그거 안 사줘도 돼. 나 그냥 미영 아줌마 친구로 계속 지내게 해주면 안 돼?"

시원이 먼저 희수에게 부탁했다.

그 말에 희수는 피식 웃고 말았다.

"야, 그건 내가 허락할 게 아니지. 엄마 마음이니까."

"그렇지? 그건 미영 아줌마 마음이지?"

시원이 안도의 한숨을 쉬었다.

"그럼, 우리 엄마 마음이 어떤지 지금 가서 확인해볼래?"

희수가 자리에서 일어났다.

"정말?"

시원이 목소리를 높이며 따라 일어났다.

둘은 희수네 집으로 향했다.

"나는 윤희수 네가 참 부럽다."

시원이 뒤따라오며 말했다.

"내가 부럽다고?"

"따뜻하고 착한 엄마가 있잖아."

희수는 한 대 얻어맞은 기분이었다. 머리가 뜨거워지면서 입이 바짝바짝 타들어 갔다. 이번 인생은 엄마 때문에 망했다고 생각하며 살았는데…….

"맞아. 울 엄마는 따뜻하고 착해. 그리고 잘 웃기도 해."

희수는 어릴 적 엄마에 대한 따뜻한 기억이 떠올랐다. 갑자기 마음이 포근해지면서 벅차올랐다.

"노래도 엄청 잘하시지."

시원이 활짝 웃으며 말했다.

앞뒤로 걷는 희수와 시원이 닿을 듯 말 듯 가깝게 걷고 있었다.

"바람이 불어오는 곳 그곳으로 가네. 그대의 머릿결 같은 나무 아래로……"

시원이 가만가만 노래를 불렀다.

희수는 나직이 속삭이듯 부르는 시원의 노래를 들으며 머릿속에 많은 생각이 들었다. 그동안 왜 그렇게 힘들었을까. 확연하지 않은 막막한 두려움과 외로움에 휩싸여, 희수는 어떻게든 견뎌보려고 발버둥 쳤던 고통의 나날들이었다. 끝이 없을 줄 알았던 아득한 자신의 아픔과 슬픔에서 서서히 헤어나는 것 같았다.

"바람이 불어오는 곳 그곳으로 가네……"

시원이 흥얼거리는 노랫소리에 희수는 자신의 목소리를 슬며시 얹었다.
저만치 희수네 집 대문이 보였다.

저 자 와
협의하여
인지 생략

〈나답게 청소년 소설〉
설렘설렘 뜻밖의 만남

지은이 | 김정옥
펴낸이 | 一庚 張少任
펴낸곳 | 도서출판 답게
초판 인쇄 | 2025년 9월 15일
초판 발행 | 2025년 9월 20일
등 록 | 1990년 2월 28일, 제 21-140호
주 소 | 04975 서울특별시 광진구 천호대로 698 진달래빌딩 502호
전 화 | (편집) 02)469-0464, 02)462-0464
           (영업) 02)463-0464, 02)498-0464
팩 스 | 02) 498-0463
홈페이지 | www.dapgae.co.kr
e-mail | dapgae@gmail.com, dapgae@korea.com
ISBN 978-89-7574-375-7
ⓒ 2025, 김정옥

나답게·우리답게·책답게
* 책값은 뒤표지에 있습니다.
* 잘못 만들어진 책은 구입하신 서점에서 교환해 드립니다.